Mario T

Qumran Saraband

Romanzo

1

“Allunga il passo secondo la grandezza del tuo tappeto”

(Antico proverbio arabo)

La vicenda

Un flemmatico, quanto modesto professore di musica, durante un viaggio turistico-culturale in alcuni Paesi del Mediterraneo vuole approfittare dell'occasione per rivedere un amico dell'età giovanile con il quale, tempo prima, aveva vissuto un'emozionante avventura nella giungla indocinese.

Da allora, sono passati oltre vent'anni e lui ritrova l'amico ma... profondamente mutato.

E così, l'agognata "vacanza relax" in terra d'Israele, si tramuta d'improvviso in un imprevedibile quanto fantastico tour de force, sotto l'inquietante alone della sempre presente disputa israelo-palestinese, con l'accompagnamento di una incalzante e sintomatica Sarabanda.

(*Premio della Giuria* al "Concorso Internazionale di Poesia e Narrativa Città di Salò 2004")

In copertina: elaborazione foto di Eunika Sopotnicka delle Grotte di Qumran di PIC-Pensieri creativi

Alcuni dei luoghi descritti sono stati inventati appositamente, mentre altri, pur esistenti nelle mappe geografiche, sono stati modificati e adattati alla finzione romanzata.

Pertanto, persone, luoghi, cose, riferimenti storici e scientifici di qualunque natura, enti, società o organizzazioni pubbliche e private italiane e straniere sono da considerarsi validi solo in quanto finalizzati e legati alle vicende narrate.

È comunque da ritenersi puramente casuale ogni altro e qualsiasi riferimento a persone vive o defunte o ad avvenimenti realmente accaduti che possano in qualche modo trovare luogo nella trama del romanzo, che è e rimane unicamente opera di fantasia.

Estate 1954

Oscurata dall'intricatissima vegetazione, il cielo lasciava trasparire gocce di sole che subito si disunivano confondendosi nel terreno umido e acquitrinoso, mentre gli arbusti e i fitti cespugli si susseguivano l'un l'altro, verdastri e cupi come le onde del mare contro gli scogli durante una violenta mareggiata.

Edward Wilson, con passo lento e stanco, si trascinò sul sentiero tra il divertito altalenare di macachi e gibboni sugli alberi, attraversò la moltitudine di canneti con le folte erbe che si attorcigliavano agli stivali. Dopo lunghi e faticosi sforzi, riuscì finalmente a ricuperare un po' di spazio.

Il clima monsonico e le abbondanti piogge rendevano arduo e faticoso il procedere nella monotona boscaglia tropicale, punteggiata di alberi di pepe e indaco e nella savana coperta di foglie soffici e morbide che formavano un interminabile tappeto.

Stremato, Edward non seppe resistere alla tentazione di concedersi un attimo di tregua e un vecchio, provvidenziale fusto di caucciù, coperto di muffe e posto in orizzontale in un appropriato spazio di terreno, fu per lui come l'oasi refrigerante invocata da un cammelliere nel deserto.

Edward non ci pensò due volte e sedette sul tronco morbido, appoggiando il fucile contro la gamba e l'elmetto ai suoi piedi. Il sudore e il fango gli avevano intriso la fronte di un denso e appiccicoso liquido che, colando, gli faceva bruciare gli occhi arrossati. Era rimasto lontano, nelle retrovie, perché non era riuscito a tenere il passo degli altri: evidentemente, il resto della compagnia era stato più abile di lui nel dribblare gli ostacoli naturali che si presentavano ad ogni piè sospinto, irti di sempre nuove e imprevedibili difficoltà.

A pochi metri di distanza, c'era l'inseparabile amico di tante avventure, Mahmoud, anche lui coinvolto, suo malgrado, in quell'assurda guerriglia nella martoriata penisola indocinese. Era la loro prima e forse unica missione in Cambogia, anche perché, a quel punto, la sanguinosa e cruenta kermesse per il predominio del sud-est asiatico poteva dirsi ormai giunta al suo tragico e scontato epilogo.

Mahmoud El Kabir, detto "Il Grande", era il miglior amico di Edward.

Mahmoud era nato a Haifa. La madre, una giovanissima e conturbante ballerina discendente da una semisconosciuta tribù beduina, era stata riscattata e presa in sposa dal padre in cambio di una dozzina di spelacchiati cammelli, secondo le consuetudini del luogo.

Moud, come confidenzialmente lo chiamava Edward, era un vero miscuglio di razze: la madre era araba ed il padre, un magnate egiziano, aveva un bel po' di sangue inglese nelle vene. Il padre di Mahmoud era andato a vivere nello Stato d'Israele e si era messo a trattare prodotti petroliferi in grande stile, quando ancora le raffinerie della città erano un semplice terminal iracheno.

Mahmoud El Kabir era un giovane di bell'aspetto, dalla carnagione ambrata e dai grandi occhi luminosi, di un azzurro intenso come il cielo del suo Paese in una giornata di vento.

A causa della non celata simpatia per l'ideologia israeliana, Mahmoud era stato contattato più volte dallo stato maggiore del Mossad, ma senza esito. Aveva però confessato ad Edward che, se non fosse stato per il suo immenso amore per la musica, sarebbe potuto divenire uno degli agenti segreti sotto la stella di Davide.

Ma la musica, per Mahmoud El Kabir, era davvero tutto.

Pur di mantenere inalterato quello stretto vincolo di amicizia che li univa nel segno di una disinteressata fratellanza, Edward aveva frequentato il Liceo Musicale di Baltimora, dove l'amico si stava perfezionando in composizione e direzione d'orchestra, abbandonando senza rimpianti il suo principale intento. Per Edward, Mahmoud era un talento della musica: sapeva suonare alla perfezione tutti gli strumenti e con tale facilità che se gli fosse stato possibile moltiplicarsi avrebbe potuto, da solo, formare un'intera orchestra. Edward, dal canto suo, pur amando incondizionatamente la musica, all'atto pratico era rimasto fermo a due soli strumenti con i quali, comunque, era stato in grado di campare fino allora: il flauto traverso e il corno inglese.

Edward e Mahmoud si erano conosciuti a Baltimora, città dove aveva preso la residenza il padre di quest'ultimo, divenuto nel frattempo un importante business man in campo petrolifero.

Inizialmente, Mahmoud aveva seguito gli studi di meccanica ondulatoria presso il Politecnico di Haifa, fino a quando il tarlo della musica non si era inserito in lui da non dargli scampo in altre attività. Nel suo intimo, era tuttavia rimasto sentimentalmente legato alla sua terra d'origine ed alle volte, preso da fugaci nostalgie, riandava con il pensiero alla sua terra natia con descrizioni così compiute che contagiavano Edward, facendogli provare le stesse emozioni pur non avendo mai messo piede in quei posti. Mahmoud era anche un sognatore dalle felici intuizioni. Quando ancora viveva ad Haifa, soleva di tanto in tanto salire al Monte Carmelo, dal quale si gode una stupenda veduta sulla città. Qui, trascinato dalla sua Musa ispiratrice e affascinato dall'abbagliante cupola dorata del Tempio Bahai in un tratto di mare dove le acque blu del Mediterraneo si confondono con l'azzurro intenso del cielo, immaginava riflesso un enorme pentagramma sul quale lasciar spaziare la sfrenata fantasia del suo bizzarro spirito musicale.

Nella scia di un avaro raggio di sole, Edward cercò di sfruttare nel modo migliore il momento di riposo. Ogni occasione era buona per soffermarsi su pensieri aulici, pur di non doversi domandare il motivo per il quale si era venuto a trovare invischiato in quella guerra assurda.

Sulla camicia di cotone, sporca e lacera, faceva bella mostra un piccolo distintivo: un tondino di latta che una studentessa glielo aveva impunemente appuntato, durante una manifestazione nei confronti dell'Amministrazione Nixon, per censurare l'intervento americano in Indocina. "Not Cambogia, please!" stava scritto sul ritaglio di latta. E il ricordo del sorriso disarmante di quella ragazza aveva il potere di renderlo più inquieto e dubbioso ogni volta che si trovava ad imbracciare il fucile. Come un matador, quando impugna la spada per finire l'incolpevole toro.

Nello strano silenzio di quello ancor più strano interludio, Edward e Mahmoud si guardarono tacitamente negli occhi.

E, d'improvviso, nella foresta si fece silenzio.

Con la coda dell'occhio, Edward notò che sul bordo del tronco dove si era seduto, confuso nell'incerta luce del tardo meriggio, si era disteso un crotalo dalle notevoli dimensioni, che pareva alquanto perplesso sul suo immediato futuro.

Con tutta la flemma in suo possesso, Edward cercò di trovare un risvolto positivo alla precaria situazione. E il suo senso dell'humor lo consolò nel pensare che quel serpente velenoso stava forse concedendosi anche lui un po' di meritato riposo.

Davanti ad Edward, immobile come una statua, Mahmoud se ne stava a braccia conserte, appoggiato a un gigantesco bambù. D'un tratto, però, Mahmoud fece scivolare le mani sui fianchi del corpo, sfilando lentamente il fucile dalla spalla e puntandolo verso l'alto.

Vedendo quel movimento, Edward pensò che l'amico si fosse accorto del pericolo incombente su di lui. Ciò, se non altro, servì a dargli un po' di conforto.

Dopo qualche istante di tensione, dalle labbra di Mahmoud uscì il suono di una melodia: era il tema dominante di *Akh! Akh!*, la trasposizione in lingua araba di "Fratello! Fratello!", una Sarabanda, parte integrante di una Suite musicale composta in epoca giovanile da Mahmoud El Kabir. Secondo le sue attese, un giorno, avrebbe voluto eseguire quel brano in onore di Edward, ritto sul podio di una famosa orchestra sinfonica. Col tempo, quel brano aveva assunto il significato di un vero e proprio inno all'amicizia, espressivo ed intenso più di un lungo conversare.

In quel momento, ad essere sinceri, Edward non si trovava però nelle migliori condizioni di spirito per apprezzare la bellezza intrinseca e l'espressione armonica della composizione. E ciò, era dovuto alla presenza di quell'incomodo coinquilino, che, nel frattempo, aveva preso a muoversi, mostrando gli anelli lucenti all'estremità della coda con i quali emetteva il poco rassicurante sibilo tipico del serpente a sonagli.

Ma l'aplomb lo sorresse ancora una volta ed Edward, come immerso in una soffice comoda poltrona del suo salotto, rimase impassibile ad ascoltare il tema musicale... dagli stupendi effetti stereofonici.

Mahmoud, con parte del corpo immerso nel felceto, proseguì l'estemporaneo concerto e alla dodicesima battuta propose il Si bemolle in luogo del Si naturale.

Per Edward, era un biglietto da visita: l'inconfondibile segno di riconoscimento e di autenticità del sound.

Sul grande albero, contro cui Mahmoud era appoggiato, si erano sviluppate ed ormai solidificate varie forme di muschio e di licheni, che si allacciavano alle fitte liane attorcigliate in modo disordinato.

Nella piccola radura non passava un filo d'aria, ma, nonostante ciò, Edward poté notare che alcune liane si agitavano nervosamente, a scatti, come i fili di una marionetta mossi da un burattinaio. Ancora immerso nei suoi pensieri contemplativi, non si accorse che il serpente, forse disdegnando quel genere di musica, se n'era andato lontano, nella direzione opposta da dov'era venuto.

Poi, tutto quello che seguì, si svolse in un amen.

Il secco colpo di fucile, esploso all'improvviso da Mahmoud, ebbe l'effetto di un detonatore. Le urla e il fuggi fuggi degli animali, si accoppiarono come valve di un'ostrica.

Nell'immediato silenzio, un pesante tonfo attirò l'attenzione di Edward. Ai piedi del suo dirimpettaio, giaceva scomposta una sagoma umana avvolta in una tuta mimetica colore del fogliame che gli faceva da letto.

Era uno dei Kmer-rossi che, dalla sua postazione sull'albero, stava per colpirlo a bersaglio sicuro.

Moud gli aveva salvato la vita!

Solo allora, Edward comprese perché Mahmoud si era messo a fischiettare: era un segnale per annunciargli l'imminente pericolo.

Edward rimase fermo accanto al tronco d'albero, ancora attonito, mentre Mahmoud El Kabir gli sorrideva e le sue labbra effondevano nella radura silente le note magiche di *Akh! Akh!*

Estate 1988

I.

"*Vale più un uomo paziente che un eroe*!" Quel semplice versetto della Bibbia era da sempre il preferito di Edward Wilson. Anche, perché, ad essere sinceri, non ne conosceva altri.

Però, mai come in quell'occasione, sembrava calzare con il luogo dove si trovava. L'aeroporto Almaza de Il Cairo, sotto il sole cocente, pareva un vero forno crematorio e la silenziosa colonna dei passeggeri in fila per accedere alla pancia del gigantesco "747" della Trans World Airlines, rassegnati sacrificanti. Lo rincuorava solo il pensiero di quei pochi scalini che ancora lo separavano dalla frescura all'interno del Jumbo.

Mancavano tre soli gradini alla soglia agognata, quando Edward si era sentito urtare al fianco, come se qualcuno, perso l'equilibrio, non avesse avuto di meglio da fare che aggrapparsi alla tasca della sua elegante giacca di lino. Accanto a lui, era passato un individuo con il capo avvolto in un turbante bianco, tendente allo sporco. Nel sorpassarlo, aveva emesso una specie di grugnito che Edward, magnanimamente, aveva tradotto in un segno di scuse.

Poi, una delle hostess, un tipo dai capelli ramati con una silhouette da top-model, lo aveva accolto con un accattivante sorriso, e ogni disagio era miracolosamente svanito. A Edward Wilson le "fate dell'aria", come lui le chiamava, erano sempre piaciute. E piuttosto. Al di là dell'attrazione fisica, in loro vedeva ritratto un genere di donna da ammirare per lo stile e lo zelo nello svolgere un mestiere apparentemente solo esaltante, ma altrettanto faticoso e irto di rischi latenti. E per questo, nel vederle, provava sempre una piacevole sensazione. Nonostante ciò, Edward era e rimaneva un tipo con la testa ben salda sul collo. Un uomo serio e rispettabile. E anche un marito fedele che, in ogni occasione, si comportava in modo irreprensibile. Ovunque.

Anche la sua carriera di musicista di modesto calibro, un semplice lettore di note, come amava definirsi, non aveva mai subito particolari scossoni e l'unico suo acuto era avvenuto quando aveva dovuto sostituire un clarinetto di fila dell'Orchestra Sinfonica di Annapolis per un paio di concerti. Sotto certi aspetti, e per mentalità, le sue abitudini non erano molto dissimili da quelle delle umili componenti di un formicaio intente ad eseguire azioni monotone e ripetitive. In campo strettamente musicale, poi, Edward Wilson poteva evocare solamente un'involontaria omonimia con un famoso liutista e compositore inglese di cui portava, per caso, le stesse generalità.

Edward era quello che si poteva definire un *quiet man*. Un uomo con una vita tranquilla, che viveva in una tranquilla cittadina del Maryland nascosta tra le insenature frastagliate che circondano la baia di Chesapeake, sulla riva orientale del Potomac. Un luogo adatto a chi ama sognare ad occhi aperti grandi distese verdi e profumate, solcate da moltitudini di gabbiani festanti che movimentano il cielo con le loro grandi ali bordate di nero e si accompagnano in volo con grida rauche e strozzate. Un americano medio, per definizione: conformista e fondamentalmente permeato di beata ingenua benevolenza verso il prossimo.

Il padre di Edward era un allevatore di ostriche, nonché proprietario di estese tenute per la coltivazione del tabacco. Come si fosse imposto di fare dispetto al genitore, Edward aveva invece seguito vie completamente diverse. Lui, non era nato per fare il commerciante o l'affarista e non era mai riuscito a trovare valide collimanti tra le note del pentagramma e la fiorente attività industriale paterna. In più, odiava le ostriche, tanto da fuggire lontano appena ne percepiva l'effluvio e non aveva mai fumato neppure un grammo di camomilla. E non faceva nemmeno testo la malaugurata occasione in cui, per scommessa, aveva addentato una delle centinaia di pipe di suo padre... con il desolante risultato di passare un'intera nottata in bagno con lancinanti dolori di stomaco.

Con il suo aspetto segaligno, Edward era il classico suddito "Stars and Stripes" dall'aria disincantata: un sognatore che si trovava a suo agio nell'atmosfera rarefatta e impalpabile di chi si lascia sopraffare da pensieri astratti, poggiati su nuvole. Un simpatico vagabondo, errante fra fantastiche e stupende peregrinazioni. Edward non dimostrava i quarantatré anni appena compiuti e per lui, placido e flemmatico uomo del Maryland, Baltimora si era ben presto rivelata la città che gli aveva imposto una storica virata alla sua vita marcatamente monocorde di provinciale colto e misogino.

Proprio in quella città frenetica e industriosa, Edward aveva conosciuto Mahmoud El Kabir, a cui sarebbe rimasto debitore della vita dopo l'avventurosa missione nella giungla indocinese. E, sempre in quella città, aveva incontrato la donna che avrebbe poi inferto il colpo di grazia all'impenitente e gaudente scapolone.

Edward incontrò Annabelle quando era ancora una fascinosa giovane studentessa dai capelli biondo cenere e dai penetranti occhi azzurri, iscritta alla Johns Hopkins University. Si erano sposati alcuni mesi dopo che lei aveva concluso il corso di Storia sulle Civiltà Orientali e Mediterranee.

A differenza di Edward, Annabelle era una donna dal carattere estroverso e irrequieto, con l'intento sempre presente di visitare tutti i luoghi che erano stati oggetto dei suoi studi. Annabelle riteneva che non fosse sufficiente apprendere le nozioni sui testi accademici e amava l'avventura, intesa come ricerca etnica e storica, cosicché, il suo, era un continuo movimento alla scoperta di sempre nuove e inconsuete emozioni. Anche se, qualche rara volta, riusciva mettere freno alla sua indole esuberante, contenendola in modo encomiabile nei confini di uno splendido e sereno ménage coniugale.

Prima di quel viaggio, Edward e Annabelle Wilson erano stati oltre oceano una sola volta, in Italia. Nell'occasione, Annabelle l'aveva trascinato in un pazzesco, quanto stancante tour attraverso scavi e reperti, antichità e templi, cosicché il frastornatissimo Edward aveva finito col confondere Pompei con le catacombe dell'Appia antica e le bellezze artistiche di Firenze con alcuni tesori d'arte che si trovano a Venezia.

La schematica mente di Edward non sempre riusciva ad apprezzare nel giusto verso quanto esulava dalla quieta e discreta atmosfera di una sala da concerto e faticava alquanto a compenetrarsi nelle concezioni care alla sua amata consorte. Per contro, Annabelle soleva consolarlo dicendogli che, per lui, l'occasione magica doveva ancora capitare. Ciò che, puntualmente, si era verificato, dopo che lei aveva scorso il programma di un viaggio in Grecia, Turchia ed Egitto, riuniti in un solo colpo. Nonostante qualche timida resistenza, Edward aveva dovuto adeguarsi alla "ghiotta opportunità" che avrebbe consentito a sua moglie di tuffarsi in quel fantastico viaggio che li avrebbe portati ad approdare a lidi affascinanti e ricchi di piacevoli incognite. Ad Edward era rimasta solo un'opportunità, quella di stilare con lei una strana intesa che poteva sembrare un compromesso. Edward, che tuttavia non disdegnava affatto le esigenze culturali di Annabelle, condividendole però sotto un'altra ottica meno arrembante e su ritmi più defatiganti, aveva posto una precisa e inderogabile condizione: una puntata a Gerusalemme, così da avere l'opportunità di rivedere l'amico fraterno Mahmoud, che sapeva dimorare da quelle parti. Annabelle aveva accettato di buon grado la sua proposta, non solo, ma aggiungendo, al già faticoso cammino, una rapida rassegna dei principali luoghi della Terra Promessa.

E fu con tali e tanti presupposti, che la nuova avventura fuori dagli States di Edward ed Annabelle Wilson ebbe inizio.

II.

Edward Wilson seguì distrattamente le ultime scene del film sullo schermo dell'aereo, deliziando invece l'udito con la suite *Quadri di un'esposizione* di Musorgskij, nella vivace esecuzione di Leonard Bernstein alla guida della Filarmonica di New York.

Il jet, intanto, filava spedito oltre l'oceano di nuvole bianche e spumose, simili a cumuli di zucchero filato.

Nei giorni precedenti, Edward aveva seguito un po' pedestremente le evoluzioni turistico-culturali del gruppo, sotto il comando della sua scatenatissima consorte. Donna entusiasta, competente e tremendamente resistente ad ogni fatica. Annabelle non aveva denunciato la benché minima défaillance, trotterellando sempre in prima fila, mentre lui la seguiva con passo sempre più stanco con la Yashica a tracolla, che oscillava come l'asta di un pendolo sull'inseparabile giacca di flanella *pied de poule*. Seppur calato nella veste del modesto e flemmatico turista, Edward era tuttavia riuscito, suo malgrado, a indossare una volta tanto i panni del protagonista. In negativo, però. Al teatro greco di Epidauro, nell'intento di constatare l'universale caratteristica acustica dell'impianto, si era distratto... mettendosi a saltare come un grillo dagli scalini della cinquantaduesima fila a quelli della quarantasettesima. A Istanbul, non gli era toccata sorte migliore, perché, diretto al Museo Topkapi, per poco non veniva ridotto al pari di un budino a causa di una vecchia, scassatissima Cadillac sfrecciata a tutta velocità sul selciato traballate a pochi millimetri dal suo naso. Né, le cose, erano andate meglio durante l'immancabile gita in battello sul Bosforo. Lungo l'argenteo e sinuoso corso d'acqua che porta al Mar Nero, a causa del gambo maligno di una sedia, aveva rischiato di andare a far compagnia alle migliaia di luci che si riflettevano tremule nelle fredde acque del Corno d'Oro. Infine, nella terra dei Faraoni, forse per troppo zelo o per mantenere il ritmo di carica imposto da Annabelle che, per l'ascesa alla Piramide di Cheope aveva scelto il pittoresco ma più impervio spigolo nord-est, Edward, obnubilato dalla fatica, aveva messo un piede in fallo, rischiando così di ritornare al punto di partenza per la via più breve. In quest'occasione, però, Edward non se l'era presa più di tanto, consolandosi che i suoi sforzi erano nulla in confronto ai venti anni di tribolazione impiegati dai centomila disgraziati per costruire l'enorme manufatto. Con i piedi ben fermi su milioni di tonnellate di pietra calcarea del Mokattam, Edward dimenticò persino il numero infinito di piegamenti effettuati per introdursi nel lungo e stretto corridoio che porta alla camera funebre del Faraone, fra folate calde e umide, quasi soffocato dall'odore pungente e caratteristico di un ambiente vecchio di oltre quattromila anni.

Nelle due ore o poco più che univano Il Cairo a Tel Aviv, Edward aveva scambiato scampoli di frasi con il vicino di posto, un uomo dall'aspetto riservato e freddo, un po' sinistro. Notò che il suo viso aveva lineamenti marcatamente spigolosi, con le guance velate di una barba ispida e nera. Questi sembrò d'un tratto sgelarsi e gli rivolse alcune domande sul viaggio e sui suoi programmi, come avesse voluto entrare maggiormente in confidenza. Edward aveva mantenuto il discorso su argomenti di carattere generale, concedendosi qualche parola in più, solo quando l'occasionale compagno di poltrona andò a sfiorare, forse incidentalmente, la tematica musicale, assunto che, nelle conversazioni di Edward, giungeva puntuale come un raffreddore d'inverno o una scottatura d'estate.

Un orribile caffè d'orzo, seppure servito con estrema grazia dall'hostess, fece però mestamente naufragare la già latente conversazione e l'uomo accanto a lui, senza peraltro opporre resistenza, si lasciò vincere dalle lunghe ombre del sonno ristoratore. E per non essere da meno, Edward si organizzò a sua volta: distese le lunghe gambe sotto il sedile anteriore e si lasciò cullare dal lieve rollio dell'aereo che aveva iniziato la fase di discesa, frantumando il mare di nubi cumuliformi.

Annabelle e la figlia Emily, erano invece sedute nelle file di poltrone della zona centrale dell'aereo, intente a consumare, con ritmo crescente, fiumi di parole a bassa voce. Emy era la sua "bambina". Non aveva che sedici anni, ma era già precocemente alle prese con problemi esistenziali. Secondo Annabelle, quel lungo viaggio poteva forse essere la panacea per il labile sistema nervoso della figlia. E dall'impegno con cui le due donne stavano parlando, sembravano giungere confortanti risposte sull'efficacia della cura. Emily era molto bella, con occhi azzurri sognanti e delicati. Nonostante fosse ancora nell'età adolescenziale, il suo corpo aveva le fattezze della donna: era alta e ben modellata, con lunghi capelli chiari come il sole che le accarezzava il corpo.

Sotto un certo aspetto, Edward vedeva in sua figlia l'esatto suo ritratto. Seppure lui fosse giunto a superare la quarantina, il suo spirito rimaneva quello del giovane sognatore, distante dal reale e dal concreto, col pensiero perennemente immerso nell'aura fantastica del suo irreale mondo musicale.

In quella specie di dormiveglia, Edward riandò con il pensiero al momento in cui aveva lasciato lo Shepheard's hotel sull'Avenue Corniche du Nil e alla speranza di potersi concedere, finalmente, un po' di quella quiete che le circostanze avverse gli avevano sempre negato. Avrebbe rivisto l'amico Mahmoud e con lui rievocato gli anni spensierati trascorsi insieme. Da troppo tempo, le loro avventure giacevano nell'oblio e, proprio quel lungo peregrinare nelle misteriose terre d'Oriente, si presentava come l'opportunità ideale per rinverdirle.

Edward guardò fuori dall'oblò la striscia di terra che si avvicinava, con i flaps che si alzavano e si abbassavano, come un'enorme mano intenta a sfogliare l'album dei ricordi, mentre l'aereo si posava senza sobbalzi sulla Terra Promessa.

Solo allora, Edward ricuperò il presente. Era finalmente giunto il momento di smaltire lo stress accumulato dal lungo girovagare e incontrarsi con l'amico di gioventù per... rilassare spirito e corpo.

E con quei pensieri, si affacciò dalla portiera dell'aereo, non senza emozione per trovarsi nei pressi della più antica e mitica città della terra.

III.

Non era stata certamente una brillante idea quella dell'ossequioso maître dell'Hilton di Gerusalemme di voler deliziare lo stanco ed accaldato american-group con una rituale cena... all'occidentale.

Quella, era una delle occasioni in cui Edward concordava appieno con Annabelle, perché sarebbe stato più opportuno affidarsi alla caratteristica cucina del luogo, soprattutto se si trattava di ritemprare spirito e forze di un gruppo di globetrotter di lusso come il loro. In più, il pudding, aveva l'aspetto di quant'altro meno che di un budino e il roastbeef pareva provenire dalla parte meno nobile di qualche sfortunato cammello di passaggio.

Ma per quel "Club di faticatori", ci sarebbe forse voluto ben altro per farli demordere.

Intuendo quale poteva essere il comun denominatore della serata, Edward si era accostato ad Annabelle e, con un malizioso quanto accattivante sorriso, le aveva esposto il suo particolare programma che prevedeva, come prima cosa, l'immediata rivisitazione della suite loro riservata. Presa alla sprovvista, la dolce Annabelle aveva solo avuto il tempo di accennargli a proposito di un particolare concerto in loro onore. L'allettante notizia non era, però, riuscita a dissuaderlo dall'intento di concedersi, seduta stante, una meritata pausa di riflessione. Per uno come lui, da tempo abituato a riservarsi lunghi spazi da dedicare alla meditazione e alla contemplazione in uno stato di completo isolamento e lontano da ogni genere di trambusto, quei giorni avevano già offerto troppi motivi per non meritarsi l'indispensabile parentesi di pace. Tutto era scorso così rapido che si trovava ancora indosso il vestito che aveva alla partenza dal suolo egiziano in quell'afoso pomeriggio. Quella frenesia all'americana lo infastidiva e che, forse, già cominciava ad apprezzare l'indolente costume di vita di quei posti?

Edward pensò che quello, magari, poteva essere un modo come un altro di integrarsi. E provò quindi a concedersi un breve, quanto personalissimo, flash back delle ultime ore.

All'aeroporto Ben Gurion di Tel Aviv, l'approccio con il nuovo Paese era stato piuttosto aspro, nonostante il Boeing fosse atterrato in perfetto orario. L'aereo era stato preceduto da una mezza dozzina di altri voli, con l'inequivocabile risultato che le operazioni di sbarco si erano protratte per lungo tempo, con lentezza esasperante. E quand'era uscito dall'aereo, Edward non aveva più visto il suo occasionale compagno di viaggio, che pareva essersi volatilizzato, complici la luce accecante e il vento caldo che avevano rapidamente preso il sopravvento sui centoventi minuti di frescura goduti nella semioscurità della cabina. Mentre saliva sul bus, gli era parso di intravvedere, ma solo per un attimo, il volto dell'uomo seduto accanto a lui che lo fissava attraverso l'oblò dell'aereo. Ma poi la confusione, con l'imponente servizio di guardia delle divise verde marcio dei soldati israeliani e le telecamere ronzanti ad ogni angolo dell'aerostazione, erano riusciti a far svanire ogni altra possibile visione.

Dopo quasi un paio d'ore passate all'aeroporto di Tel Aviv, il gruppo aveva preso posto su una traballante corriera che, viaggiando, lasciava dietro di sé una spessa nuvola nerastra. L'autobus era condotto da un giovane dal viso bruciato dal sole che, oltre a non spiaccicare una parola d'inglese o di quant'altra lingua occidentale, sembrava conoscere ben poco anche il percorso e solo dopo lungo girovagare era riuscito miracolosamente a imboccare la superstrada per Gerusalemme.

"Siamo in buone mani!" aveva pensato sarcasticamente Edward, cercando comunque di rilassarsi per concentrare ogni sua attenzione al paesaggio.

Superato il quartiere residenziale di Yad Eliyahn il bus, sobbalzando paurosamente, aveva attraversato il ponte in pietra, esistente fin dal tempo dei Mamelucchi, imboccando poi la strada per Shaar Hagai, che significa la "Porta della valle". S'apriva, a quel punto, un paesaggio dai forti contrasti: da un lato, le tranquille distese e le rigogliose pianure coltivate, dall'altro, le rocce brulle dei monti della Giudea simili ad enormi pietraie, dalle quali si ricavano le matrici per la costruzione delle case delle città. Alla luce del sole, questi massi rocciosi assumono uno stupendo colore rosato. Oltre le rovine del Monastero di Ein Hemed, la strada si sbizzarriva in rapide discese a valle, sullo sfondo di ampi e geometrici appezzamenti disposti a terrazza. In alcuni tratti del percorso, si potevano scorgere i rottami arrugginiti dei mezzi blindati che, durante la guerra d'indipendenza, rifornivano Gerusalemme assediata dagli arabi. Erano stati lasciati appositamente sui luoghi d'origine quale monito per i posteri. Solo quando l'autobus aveva imboccato la Jaffa Street, gli occupanti tirarono un sospiro di sollievo. Davanti ai loro occhi affaticati, faceva bella mostra l'inconfondibile mole dell'Hilton, che si erge su una delle sette colline su cui si distende la città. Ed il parallelepipedo grigiastro del Centro Congressi, poco distante dall'hotel, esaltava ancor più la cromia tinta salmone dell'edificio.

«Yerushalayim... la città della pace!» aveva prontamente vaticinato il professor Verrett, noto mentore di quei paraggi, che fin dal decollo da New York si era creato più opportunità per esibire la sua cultura orientale.

Annabelle dal canto suo, più che vedere, aveva intuito le perplessità dipinte sul viso di Edward. Si era allora stretta al suo braccio. «Caro Ed» aveva sussurrato deliziandolo di un sorriso, «ma è la città Santa per definizione...».

«A me, invece, risulta che, in quaranta secoli, la Santa, di pace, ne abbia conosciuta piuttosto pochina» aveva prontamente replicato Edward col sorriso a fior di labbra.

«Figuriamoci se non ti veniva da pensare a quanto di male è capitato in passato. Ma adesso, ormai, non succede più nulla. Puoi starne certo, caro, vedrai...».

«Forse hai ragione tu, cara» aveva concluso Edward, poco convinto ma deciso, comunque, ad accondiscendere l'amata consorte. Per lui, Annabelle rimaneva, in ogni caso, l'inguaribile ottimista permeata di ingenuo entusiasmo. Un'anima candida, quasi come lui, d'altronde. Ma quella volta, forse, Annabelle era anche nel giusto. Eppoi, perché dubitare?

Verrett aveva continuato ancora per qualche minuto, esibendosi in dotte citazioni, senza che alcuno l'ascoltasse perché tutti già presi da più immediati e meno aulici pensieri.

Edward Wilson fece scorrere la vetrata che si apriva sul terrazzo della suite. Sedette sul divano in compagnia di un bicchiere di profumato Bourbon Four Roses e si apprestò ad ammirare l'affascinante paesaggio offerto dal lato occidentale della città.

Le ombre del tramonto ormai avanzato coloravano di rosa lacca di garanza le grosse pietre delle case. Un venticello caldo e invitante teneva a debita distanza i rumori, attutendoli al punto da farli sembrare misteriosi arenili di un mare sconfinato.

Alla discreta luce dell'abatjour, Edward si lasciò sprofondare nell'invitante sofà imbottito di cuscini di piuma, tenendo in una mano una corposa guida d'Israele dalla copertina color oro. Cominciò dapprima a sfogliare svogliatamente le pagine del tourist book cercando una posizione ottimale alle sue stanche membra. Poi, trovata la giusta collocazione del corpo, prese a leggere con interesse.

Spostandosi da una parte all'altra del divano, d'un tratto Edward si accorse di una fastidiosa protuberanza nella tasca della giacca. Qualcosa che non aveva notato fino a quel momento. Incuriosito, sospese temporaneamente la lettura e trasse dalla tasca una scatoletta piatta e quadrata, di cartone color rosso carminio, usata di solito per contenere le sigarette Turmac. L'aprì. All'interno, non c'erano sigarette, ma un foglietto di carta, piegato in quattro parti, sul quale, battuto a macchina, stava scritto:

"QUESTA NOTTE: ASSOLUTAMENTE!"
"WILSON'S ARCH WAILING WALL"
" II = 7 3/2 "

Non c'era altro.

Nessuna firma o segno per identificare il latore del messaggio.

Edward restò per qualche istante sbalordito.

E continuò per un po' di tempo a fissare quel pezzetto di carta, cercando di rammentare in quale occasione e chi poteva aver messo quella scatola di sigarette nella sua tasca, senza che lui se ne accorgesse. Aveva tolto la giacca solo per brevi istanti, il tempo di darsi una breve rinfrescata e, con lui, nell'appartamento erano presenti solo Annabelle ed Emily.

Buttò giù con gesto meccanico un bel sorso di whisky, fissando poi assorto il bicchiere, nel quale alcuni cubetti di ghiaccio si muovevano danzando beffardi come pesciolini in un acquario e cercò di far lavorare la memoria visiva in una specie di *intermittence du coeur*. Inutilmente!

Spostò allora lo sguardo sulle lontane luci della città, che parevano lumini di un immenso presepe, ma senza apprezzabili risultati. La sua mente vagava indecisa e confusa, in cerca di ispirazioni illuminanti, spaziando sui tratteggi appena delineati delle sommità che circondano Gerusalemme in un enorme, fantastico girotondo.

Socchiudendo le palpebre, ebbe l'impressione di trovarsi su un grande tappeto volante, fra una moltitudine di stelle cadenti. Nuvole fresche e profumate lo avvolgevano, mentre i suoi pensieri spaziavano ormai lontano da quel terrazzo immerso nell'oscurità latente. Una strana forza, leggera e gioiosa come un *lieder* di Mozart, lo portò a fantasticare un viaggio misterioso e affascinante.

La Jerusalem map, dalla copertina giallo oro, era rimasta aperta sulle sue ginocchia, mentre lui continuava ostinatamente a leggere e rileggere quelle parole, apparentemente senza costrutto. Frasi sconnesse di un possibile anagramma che ben presto, però, si dissolsero, fino a perdersi in lontani, invisibili, frammenti di spazio.

IV.

L'uomo alto, elegante, dal vestito lievemente sgualcito, attraversò rapidamente la hall senza alzare il capo dal libercolo che reggeva aperto come un breviario. I passi risuonarono spediti e sicuri sul marmo lucido e splendente, tra l'indifferenza degli inservienti intenti a sistemare montagne di bagagli.

Come un'ombra, la figura fuggì da possibili sguardi e si trovò sul marciapiede fasciata dal buio e dall'aria profumata di una notte incantevole.

L'uomo alzò il capo, per attirare l'attenzione dell'auto ferma a pochi passi da lui con la capote sormontata da una piccola vetrofania blu, con la scritta taxi.

«Presto... al Muro del Pianto» disse Edward Wilson, prendendo posto sullo scomodo sedile della vetusta Peugeot 404.

L'auto, alquanto mal ridotta, dimostrava appieno tutti i suoi anni.

«Masa-l-Khir» rispose con calma il tipo alla guida, voltando lentamente il capo. Era di carnagione scura ed aveva dei baffetti sottili e rigidi come coda di ratto. Le basette, folte e spesse, andavano ben oltre il lobo delle orecchie. «Masa-l-Khir!» disse nuovamente l'autista, fissando Edward con degli occhietti penetranti.

Edward non ci capiva un'acca, ma tentò di indovinare.

«Buona sera!» rispose allora con voce sicura.

L'autista del taxi contraccambiò il saluto con un sorriso disarmante.

Ci aveva azzeccato, pensò Edward compiaciuto, cercando però di non scordare la parte di mondo in cui si trovava.

Intanto la Peugeot continuava a rimanere ferma.

Allora Edward, con studiata calma, ripeté la richiesta, mettendosi d'impegno per cancellare l'immagine del turista impaziente e frettoloso.

«Allora?» fece ancora Edward forzando i tempi.

«A quest'ora?» replicò l'autista in un inglese piuttosto approssimativo.

Edward si sentì preso alla sprovvista. Non poteva raccontare la storia del messaggio capitatogli fra le mani e quale poteva essere la sua personale chiave di lettura. Non sarebbe stato facile farsi condurre, quale semplice turista, al Muro del Pianto quand'era ormai notte fatta.

«Devo incontrare una persona» tagliò corto Edward. «Veramente ho un appuntamento nei pressi del Western Wailing Wall» aggiunse. Forse, così, la sua richiesta poteva apparire meno insolita.

«Come desidera, signore» disse finalmente l'autista.

«È comunque sufficiente che mi lasci nei pressi della Dung Gate» aggiunse Edward con tono di voce più disponibile, scorrendo, per i nomi, la cartina aperta sulle ginocchia.

«Non è possibile, signore».

«Perché?» chiese nuovamente Edward.

«A quest'ora la Dung Gate è chiusa».

«Ah!».

L'uomo si chinò mettendosi ad armeggiare con il cambio. La prima non aveva intenzione di entrare e così passò direttamente alla marcia successiva, facendo compiere un brusco scarto alla povera automobile, che prese a scricchiolare paurosamente. «Allora?» domandò non appena la Peugeot fu in movimento.

«Allora mi conduca alla porta della città vecchia più vicina per raggiungere il "Muro"» rispose Edward, cercando di mantenere l'iniziale baldanza.

Allungò le gambe e scrutò oltre il finestrino.

L'atmosfera di reciproca diffidenza pareva lievemente allentata.

«Siamo sulla strada giusta?» domandò Edward. Anche se banale, la domanda poteva servire a mantenere vivo il discorso.

«Naturalmente...».

E, dopo un paio di sonore grattate, la Peugeot proseguì spedita la marcia fra il dedalo di vie poste su saliscendi dal fondo approssimativo.

Poi, l'autista del taxi diede inizio a una conversazione disarticolata, facendo del suo meglio per usare le parole inglesi più appropriate, per spiegargli il tragitto più breve. Nel prendere mentalmente nota, Edward controllò via via i luoghi sulla cartina della città in suo possesso.

Intento nel prendere appunti, Edward non fece caso che, da qualche tempo, c'era una macchina scura, di grossa cilindrata, che seguiva la Peugeot come un'ombra.

«Poi» fece Edward a mezza voce, «dovrò prendere a sinistra per El Ghazali square, entrare nello Haram esh-Sharif, scendere l'ampia scalinata e andare in direzione della moschea di El Aksa...».

«Yes, mister!» gli venne dietro l'arabo, ad alta voce. «È molto semplice: passata la vasca rotonda di El Kas, dovrà voltare a destra e imboccare lo stretto corridoio che trova appena oltrepassato la Mughrabi Gate, È impossibile sbagliare».

«E quindi...» aggiunse Edward, «mi verrò a trovare nella grande piazza con il fondale formato dalle restanti mura del Tempio di Erode?».

«Così penso sia indicato sulla sua guida, signore».

«Esatto».

Era quello il luogo dove gli ebrei si recano a pregare: il Muro del Pianto.

«Come può vedere, seguendo quelle indicazioni, non le sarà assolutamente possibile sbagliare» ripeté l'autista con un sorrisetto compiaciuto.

«Shukran!» esplose per tutta risposta Edward.

L'uomo annuì, senza voltarsi. Le sue mani erano appiccicate al volante, rivestito di una pelle di cammello così unta da essere vicina di più al colore della seppia. Drizzò il capo e pigiò sull'acceleratore e la vettura coprì rapidamente l'ultimo tratto di strada, fermandosi a una decina di metri dalla Lions Gate. Sul frontale, le due coppie di leoni in rilievo sulla pietra levigata brillavano ai raggi della luna.

Il tassametro del taxi segnava tredici shenkel, ma Edward, sprovvisto di quel tipo di moneta, lasciò nelle mani dell'autista, piacevolmente sorpreso, una verde banconota da dieci dollari.

L'ispirazione aveva colto Edward all'improvviso, come il bagliore di un lampo al formarsi del temporale. Nello stesso tempo, si scoprì a conoscenza di una quantità di cose che, prima di allora, erano nascoste in oscuri meandri, come le mappe e le guide topografiche capitategli fra le mani come astri dal cielo.

Ora, la prima parte del crittogramma non gli dava più problemi, perché "era ormai notte fatta". E l'avverbio, "ASSOLUTAMENTE", giustificava già di per sé il fatto che avrebbe dovuto muoversi con la massima urgenza. Poi, la parola "WILSON'S", all'inizio della seconda riga, gli richiamava l'omonimia del suo cognome con quello di celebri personaggi. Dagli scrittori Angus ed Edmund, ai fisici Charles Thomson Rees e Robert Woodrow, dal generale inglese Sir Henry Maitland, al ventisettesimo Presidente degli Stati Uniti, Thomas Woodrow Wilson, per non dimenticare Harold Wilson, leader del Partito Laburista inglese degli anni Sessanta.

Un vero rompicapo, comunque.

Tuttavia, il fatto che egli stesso portasse quel cognome doveva rappresentare qualcosa e dimostrava, se non altro, che esisteva un nesso tra il cognome di quei personaggi e quello di "un uomo qualunque" come lui. Allora, si aprì di colpo un provvidenziale spiraglio di luce: Wilson, il suo cognome, era anche quello dell'archeologo che scoprì e diede la paternità alla struttura medioevale dell'arco situato a fianco del Muro del Pianto. E poiché la seconda riga iniziava con "WILSON ARCH", di conseguenza, divenne ancor più chiaro il seguito del messaggio: "WAILING WALL".

Edward rammentò infatti che una delle usanze ebraiche legate proprio al *Muro*, era di inserire fra le connessure dei blocchi di pietra dei piccoli pezzi di carta, detti Kvitlach, su cui venivano scritte preghiere e messaggi votivi. Anche se non gli era ancora chiaro il vero motivo di quella gita fuori programma, si rese comunque conto del perché doveva avvenire di notte, in quanto, alla luce del giorno, il suo comportamento sarebbe stato maggiormente notato. E già s'immaginava girovagare con fare misterioso in quel luogo di culto, tra decine di fedeli compresi nelle loro preghiere, attirando l'attenzione di quanti erano preposti per vigilare sul movimento delle persone nei pressi delle mura millenarie.

La formula matematica espressa nella terza riga del messaggio, poi, aveva, con ogni probabilità, attinenza con le usanze ebraiche e, certamente, quei numeri indicavano una misteriosa formula connessa con le grandi pietre del Wailing Wall.

Da quel momento, però, Edward lasciò temporaneamente in un canto ogni formula magica e concentrò tutta la sua attenzione sulla via da percorrere, riprendendo a muoversi con la massima cautela.

Le stelle, in cielo, si schermivano al cospetto della luna e parevano guardare con un certo interesse i suoi movimenti.

Dall'enorme cupola splendente come un'astronave in corsa verso il sole, Edward riconobbe il Dome of the Rock e, seguendo le indicazioni, percorse rapido il corridoio in lieve discesa che porta al grande piazzale. Il Muro Occidentale, avvolto dalle ombre, si ergeva maestoso a poche decine di metri, in netto contrasto con la sagoma a mezza sfera della Moschea di Omar, che luccicava sul fondo.

Avanzando, Edward ripeté mentalmente e per l'ennesima volta i numeri di quella strana caccia al tesoro per le vie di Gerusalemme, senza tuttavia farsi distrarre dalle luci color arancio che, con stupendi effetti cromatici, illuminavano alla sua sinistra le rovine del Cardo Massimo. La lunga ombra del suo corpo si stagliava lontana fino a sembrare, nelle irregolarità del percorso, un tremolante fantasma fuggitivo. Nel costeggiare il basso steccato che delimita la sezione riservata alle donne, si trovò d'improvviso allo scoperto, fortunatamente confuso nel gioco dei tenui riflessi di luce. Davanti a lui, addossati alle gigantesche pietre millenarie, c'erano cinque figure in preghiera, immobili, che parevano appiattite al Muro per mancanza di prospettiva. Edward si accorse di essere sprovvisto del caratteristico copricapo usato dagli ebrei nelle loro preghiere. Data l'ora, non c'era neppure traccia del tavolino da cui si potevano prendere in prestito i rustici cappellini di cartone color marroncino ad "uso turista". Si portò allora nella zona più buia, costeggiando il fondale di legno che divide a metà quel tratto di piazzale dove, in quel momento, per sua somma fortuna, non c'era nessuno.

Nel frattempo, le cinque figure intente in preghiera continuavano ad essere prostrate al Muro, mentre, in lontananza, lungo la scalinata che attraverso il quartiere ebraico porta alla Sinagoga Hurva, sagome furtive si spostavano disordinatamente, come lucciole in un cespuglio di brughiera. Due dei fedeli fra quelli in preghiera reggevano a palme aperte il Sefer Torah, il testo che custodisce il Libro della Legge, e con le dita scorrevano i segni sulla pergamena. Il silenzio era interrotto dal brusìo della preghiera, cui si accompagnava il ritmico movimento dell'intero corpo, in una specie di moto perpetuo. I due uomini, completamente vestiti di nero, avevano lunghi capelli, intrecciati a forma di codino, che dalle tempie cadevano fin sul collo. Gli altri tre, parimenti vestiti, erano invece uniti in un semicerchio e stavano a capo chino, come in un conciliabolo.

Edward entrò all'interno del recinto, addossandosi all'Arco di Wilson e si fermò, trattenendo il respiro. Da quella postazione, aveva sott'occhio l'intero lato del *Muro*. Confortato poi dal fatto che nessuno avrebbe badato a lui, camminò a passi lenti lungo la muraglia, a partire dall'ansa ai limiti dell'Arco di Wilson e fissò lo sguardo sulla seconda fila di pietre. Iniziando dalla parte sinistra del *Muro*, prese a contare, una ad una, le grandi pietre, alla settima di queste si arrestò. Infilò senza indugio la mano gelida per la tensione nella fessura orizzontale, tra il settimo masso della seconda fila e quello corrispondente della fila immediatamente superiore. Le dita urtarono contro un foglio di carta. Era fatta!

Si trovò tra le mani un altro biglietto dattiloscritto, quasi simile al precedente. In perfetto inglese, c'era indicato, con dovizia di particolari, una sorta di percorso ad ostacoli che lui avrebbe dovuto compiere. Per prima cosa, doveva recarsi allo Jewish Cemetery, a fianco del Monte degli Ulivi, ed entrare dal primo cancello che si trova in linea d'aria all'altezza del pilastro a forma di cono della Tomba di Assalonne, nella Valle del Cedron. E, quando si fosse trovato al cimitero ebraico, avrebbe dovuto procedere salendo per dieci file di tombe, dando le spalle alla Moschea di Ras el Amud e volgere lo sguardo alla sua sinistra, in direzione della Tomba dei Profeti. Ma, non era finita. Perché l'azione doveva essere compiuta *solo* quando il sole fosse stato alto in cielo, in modo che l'ombra del suo corpo venisse proiettata su una delle tombe di dimensione maggiore delle altre. Sulla lastra in pietra di questa tomba, si sarebbero dovuti trovare due mucchietti di sassi: diciannove a destra e ventiquattro a sinistra.

C'era una postilla al fondo del foglietto: gli comandava di prendere il bus settantacinque, con partenza dal capolinea presso la Porta di Damasco.

Quelle erano le istruzioni!

Anche se non erano i particolari a mancare, quel messaggio, infatti, era abbastanza prodigo di tracce. Edward pensò che, comunque, qualcosa sarebbe poi dovuto accadere, altrimenti *perché* avrebbero dovuto mandarlo in quel posto?

Perplesso, Edward si passò una mano sulla guancia, al pensiero che, solo qualche ora prima, una simile messa in scena l'avrebbe considerata assurda o decisamente folle. Non in quel momento, però, perché le righe vergate dall'anonima macchina da scrivere gli apparivano quasi familiari, con un sapore particolare, come se ogni atto fosse parte di un tema prefissato da svolgersi senza nemmeno doversi domandare il perché.

Ripose il messaggio in tasca e ritornò sui suoi passi, allontanandosi rapidamente da quel luogo che, d'un tratto, sembrava aver assunto parvenze spettrali.

Appena fuori dalla piazza, spinto da improvvisa curiosità, riprese in mano il foglietto. Nel soffuso chiarore lunare, notò, lungo la parte inferiore del bordo, alcuni incerti segni ortografici che nella semioscurità gli erano sfuggiti e provò un tuffo al cuore. Quei segni significavano: "*Akh! Akh!*". E quella breve scritta in arabo ebbe l'effetto di riportarlo indietro nel tempo.

Edward rimase alcuni minuti attonito, con quel pezzetto di carta stretto tra le dita, mentre i ricordi cancellavano i giorni, i mesi, gli anni e nella sua memoria si presentava ben preciso un volto che assumeva d'incanto sembianze inconfondibili: il volto sorridente e gli occhi azzurri di Mahmoud El Kabir!

L'onda del passato, che non era riuscita a spazzare del tutto quell'umido e tenebroso pomeriggio in Cambogia, lo aiutò a considerare che ci doveva essere un profondo nesso tra quell'episodio e il messaggio nelle sue mani. Non gli era però chiaro il motivo per cui Mahmoud potesse aver bisogno del suo aiuto. «Che si tratti di uno dei tanti misteri del magico Oriente?» considerò a bassa voce.

Riprendendo il cammino, tentò di ricomporre e dare un significato logico all'imprevisto mosaico di sensazioni piovutogli addosso in così breve tempo. Cercò pertanto di razionalizzare gli ultimi avvenimenti: Wilson era il suo cognome e il totale delle pietre da individuare sulla tomba sommava a quarantatré, i suoi anni. Tra questi due elementi, quindi, c'era già un primo nesso, non casuale. E poi, il messaggio musicale di per sé sarebbe già stato sufficiente a ratificare lo scritto. L'amicizia cementata nel tempo e quell'episodio durante la guerriglia in Indocina, lasciava scoperto un debito di riconoscenza che ora, forse, aveva l'opportunità di saldare.

Edward camminò più spedito, dimentico persino delle stranezze che lo avevano preso di mira, mettendosi a fischiettare il tema di "*Akh! Akh!*". E, così facendo, raccolse i suoi pensieri proprio sulle parole di Renè Philombe cui Moud si era ispirato nel dedicargli la composizione:

"*Aprimi fratello.*
Ho bussato alla tua porta,
per avere un letto,

per avere un fuoco.
Perché mi respingi!
Perché mi domandi
se vengo dall'Africa,
se vengo dall'America?
Perché mi domandi
il colore della mia pelle
ed il nome delle mie divinità?
Non sono un negro,
non sono un bianco,
sono solo un uomo.
Aprimi la tua porta,
aprimi il tuo cuore,
perché sono un uomo,
un uomo come te."

V.

Camminando con lo sguardo incollato alla piantina tascabile, che da quel momento era divenuta per lui come la bussola per un navigante, Edward si mise alla ricerca dell'Hagai Street, rischiando di perdersi nei mille viottoli bui in continuo saliscendi, quasi che in quel luogo non esistesse un tratto di terreno piano e non tortuoso. Per poco, non andò a sbattere contro la facciata a tre archi della Sinagoga Tiferet Israel. Girò allora attorno alla Sinagoga e, poco dopo, si trovò nei pressi di una piazza dalla particolare configurazione: in qualsiasi punto dove posasse lo sguardo, si ergeva una Sinagoga. Mentre la luna, che pareva prendersi beffa dei suoi sforzi, sbirciava i suoi impacciati movimenti attraverso l'arioso arco della Hurva, oltre il quale un pittoresco spettacolo di suoni e di luci infuocava la cittadella, con la torre di Davide che illuminata a giorno assumeva la forma di un enorme e severo dito ammonitore.

In un primo momento, Edward pensò di rivolgersi alla vicina stazione di polizia per chiedere indicazioni, ma poi il suo intuito gli venne in aiuto aprendogli d'incanto la mente e riprese sicuro il cammino tra le stradine buie e pietrose. Poco oltre, si trovò dinnanzi a un piccolo anfiteatro illuminato da un fascio di luce azzurrognola, col frontale dominato dalla mappa Madaba della città dal caratteristico mosaico lucido e brillante. Lasciato il locale e saliti alcuni gradini, Edward fece ingresso nel pittoresco quartiere arabo, denominato Cardo Vecchio, sotto i cui portici splendeva una moltitudine di vetrine illuminate. Sostando davanti ad un negozio di tappeti africani dai vivacissimi colori, la sua attenzione venne attratta da una figura con la carnagione scura e dalle lunghe basette, intento ad osservare dei pregiati manufatti di oreficeria Yemenita esposti su una cassapanca di legno chiaro. L'uomo si trovava nel porticato dal lato opposto e sembrava non palesare eccessivo interesse ai preziosi manufatti, perché, con una certa insistenza, volgeva lo sguardo nella sua direzione, per ritornare poi a fissare la vetrina. Approfittando del passaggio di un gruppo di ebrei ortodossi vestiti col tradizionale frac e bombetta, Edward sgattaiolò lungo un viottolo in leggera pendenza, confidando nell'istinto che lo aveva guidato fino ad allora e sperando di imboccare quanto prima l'Hagai Street. Voltò a destra, poi a sinistra, poi nuovamente a destra, seguendo le luci e i rumori che provenivano dalle vie adiacenti finché, dopo alcuni giri viziosi, si trovò in pieno Suk Khan ez-Zeit, la famosa e pittoresca via dei bazar.

Tra le mura nerastre e gli archi puntuti che si susseguivano come filari di alberi lungo un viale, Edward sentì venirgli incontro tutto un mondo vociante e rumoroso. In un fantasmagorico palcoscenico di luci e colori che, al momento, gli rammentò il gran bazar di Istanbul. Nonostante l'ora tarda, lo colpì la presenza di tutta quella folla festante e disordinata che schiamazzava e ondeggiava davanti a lui. D'improvviso, venne attorniato da un nugolo di ragazzini scalzi che gli offrivano un po' di tutto e lo tiravano per la giacca, tentando di attirare la sua attenzione. Seppur frastornato, Edward riuscì comunque a svicolare e, mettendosi a dribblare con incredibile prontezza cammelli e minuscoli presepi di legno, pupazzetti di ebano intarsiati, collanine e cerchietti di madreperla, drappi, turbanti e kefiah dai colori vivacissimi, trovò rifugio nel vano di un'edicola di giornali. Più che una vera e propria edicola, si trattava di un piccolo alloggiamento, non più grande di un paio di metri quadri sistemato in mezzo a due massicci banconi di legno scuro, sui quali, oltre ai giornali, stavano allineate delle spezie profumatissime e dei cesti di frutta esotica disposti in una sinfonia cromatica di incredibile effetto. Stordito da tutti quegli effluvi, Edward afferrò con gesto sicuro una copia di un quotidiano con il logo in lingua araba dallo sfondo di color azzurro, su cui spiccava, stilizzata, la città di Gerusalemme.

«La via più rapida per la Porta di Damasco?» domandò Edward sventolando sotto gli occhi dell'uomo seduto oltre la vetrinetta una copia di Al-QUDS, con le pagine zeppe di segni per lui indecifrabili.

«Beit habad...» rispose quello con una voce in leggero falsetto. L'uomo portava un paio di occhiali con lenti spesse e unte.

«Beit habad» ripeté poi alzando il braccio a mezz'aria, ma senza dare l'impressione di voler prendere il biglietto da un dollaro che pendeva dalle dita di Edward.

Il colloquio sembrava arenato sul nascere, mentre i due si fissavano straniti come se i loro sguardi stessero misurando l'enorme distanza fra le loro etnie.

«Shalom!» fece d'un tratto una voce dal timbro chiaro e forte, alle spalle di Edward. «Il nostro amico intende dire che questa è la strada per la Porta di Damasco. Basta andare sempre diritto...».

L'uomo sembrava spuntato da un enorme mucchio di verdure accatastate lì accanto.

Edward lo scrutò con attenzione e scoprì che quel viso non gli era nuovo: si trattava del tipo che aveva visto davanti alle vetrine del Cardo Vecchio.

Il nuovo venuto si scostò un po' da Edward e prese a parlare fitto fitto, più con gesti che con parole, con il tipo dietro al gabbiotto dei giornali.

«Alì si scusa per non essersi spiegato bene» gli disse. Poi, dando ad intendere di volergli essere di aiuto, prese con noncuranza a fargli delle domande, come per sondare i suoi programmi più immediati. Parlava un inglese perfetto.

Edward cauto e guardingo, rispose però con la prima frase passatagli per la mente. «L'Intercontinental hotel» disse rammentandone l'ubicazione sulla collina. «Devo ritornare in hotel».

«Ah!» fece l'altro un po' deluso.

«Con tutta questa confusione... ho perso l'orientamento» aggiunse Edward.

L'uomo del Cardo, sembrò comunque volerlo assecondare perché gli spiegò la strada da prendere per andare verso la Porta di Damasco e di qui, all'hotel.

Edward lo ringraziò, congedandosi con un frettoloso cenno del capo e riprese il cammino, desiderando di lasciare quel posto il più rapidamente possibile, quasi che, improvvisamente, tutti gli occhi fossero puntati su di lui per spiarlo attraverso gli anfratti di quella parte di mondo affascinante e misterioso.

Simile ad una fortezza, con i merletti che si stagliavano nel cielo terso ma scurissimo, la Porta di Damasco voluta da Solimano il Magnifico gli si presentò davanti con i contorni di una fantastica vetta al fondo di un'ampia vallata.

Edward si addentrò in quella specie di labirinto di pietra, oltrepassò la spessa muraglia e si trovò a camminare sul ponte che congiunge la città vecchia alla nuova, nella parte nord di Gerusalemme. Anche qui, c'era un'aria festosa e un'umanità dai risvolti bizzarri e stravaganti. Violente luci bluastre davano un tocco di magia tutt'intorno. Sullo sfondo, la Damascus Gate splendeva sotto la luna che ne illuminava il portale. Rimase per qualche attimo a rimirare lo spettacolo, poi si decise ed attraversò la strada.

La secca e tempestiva frenata di un bus, che sopraggiungeva in quel momento, gli impedì di raggiungere il cimitero come ospite perenne, ancor prima dell'ora stabilita dal messaggio. Le imprecazioni del conducente, nel suo linguaggio colorito e pittoresco, per lui fortunatamente incomprensibile anche se non privo di sottesi significati, coprì per qualche istante il notevole clangore sul piazzale. Il più sorpreso fu proprio Edward, in genere piuttosto prudente, che, in quell'occasione, aveva sentito come se una forza misteriosa lo avesse urtato facendolo andare verso il centro della strada. Che la soluzione fosse, invece, da ricercarsi molto più semplicemente nella mano di qualcuno che lo avesse spinto di proposito giù dal marciapiede?

Edward sdrammatizzò l'evento, considerando che, forse, era solo inciampato in un tratto di asfalto sconnesso. In quello stesso istante, l'imponente sagoma del bus 75 apparve dal buio e lo avvolse in una folata di aria calda. Edward salì. Non c'erano molti passeggeri a bordo e, mentre il bus ripartiva dondolando come un ottovolante sulle montagne russe, Edward, spossato, sedette accanto a un finestrino. Finalmente più rilassato, soffermò il suo interesse su quello che restava delle mura della città vecchia lungo la Sultan Suliman e sui palazzi grigiastri ed austeri di Bab-e-Zahira, su cui spicca l'elegante torre ottagonale del Rockefeller Museum. Più lontano, sulla cima del Monte Scopus, c'era il massiccio complesso dell'Università ebraica e, più in basso, l'agglomerato urbano di Ramot, composto da piccole costruzioni disposte in modo approssimativo. Aguzzando il più possibile la vista, scorse alla sua sinistra il Monte degli Ulivi e, su un'altra altura, il colonnato illuminato dell'Intercontinental hotel.

Edward scese alla fermata dopo la Mercy Gate e si trovò immerso nel buio e in un grande silenzio. Sul fondo, avvolto dalle tenebre, si presentava suggestiva la Valle del Cedron, con uno scenario fantastico e irreale. Consultò l'inseparabile cartina e si localizzò all'altezza del pilastro di Assalonne, del quale si intravvedeva il tronco di cono che forma la parte superiore della tomba.

Edward considerò poi che, giunto a quel punto, non poteva tornarsene in albergo per dire ad Annabelle che, appena albeggiava, sarebbe dovuto ripartire per recarsi... in un cimitero. E, d'altronde, non sarebbe nemmeno stato opportuno sostare troppo a lungo in quel luogo solo per aspettare che il cielo schiarisse. Non conosceva il posto e il suo intuito, comunque, lo sconsigliava dal pernottare proprio lì durante la notte. Pensò, invece, di recarsi al vicino Intercontinental. Nessuno avrebbe prestato soverchia attenzione al distinto signore seduto al bar a sorbirsi un bicchiere di buon whisky. E, pur mancandogli ogni referenza in proposito, quel sesto senso che pareva impunemente calato in lui in forza di una misteriosa arte magica, gli suggerì che il pub dell'hotel sulla collina sarebbe stato comunque il posto ideale per attendere l'alba. Presa la decisione, Edward si guardò attorno con la massima circospezione e, nel silenzio quasi assoluto, vide poco discosta una luce che si allungava e si muoveva lentamente sull'asfalto. Quale fortuna ci fosse stato un taxi...

Dalla Hashiloach road, la stradina in terra battuta che porta alle Tombe dei Profeti, vide spuntare due fari accompagnati dall'inconfondibile rombo di un motore sotto sforzo, a causa del ripido tratto finale della strada in notevole pendenza. Nell'oscurità, non riconobbe il tipo di auto ma subito ebbe a compiacersi della sorte benigna: sopra la capote, ben visibile, c'era una scritta che gli infuse un immediato senso di sicurezza.

Il taxi rallentò, fermandosi ubbidiente a pochi centimetri dal suo braccio proteso.

«Come in America» si disse Edward sorridendo dentro di sé.

E rimase con il sorriso ebete sulle labbra anche quando una specie di mannaia calò inopinatamente sul suo capo.

In una frazione di secondo, fu il buio più totale

VI.

L'odore acre del latte d'asina riuscì, se non altro, a risvegliare il pigro olfatto di Edward, il resto del corpo pareva ancora sprofondato nell'ignoto.

Poco a poco, la sua figura distesa a terra prese forme più consone e, dopo innumerevoli sforzi, Edward riuscì ad appoggiare la schiena al muro, ruvido e frastagliato come la lama di una sega.

L'interno della costruzione dove Edward si trovava era poco più grande di una capanna di pastori: era formata da una stanzetta quadrata rivestita in alcuni punti, in verità molto radi, da brandelli di tappezzeria che penzolavano malinconicamente come fiori recisi dallo stelo. Macchie di unto, qua e là, modellavano strani disegni arabescati sotto l'incerta luce di un improvvisato lampadario di latta composto di sole tre lampadine di color giallognolo.

D'improvviso, due robuste paia di braccia lo afferrarono alle ascelle e, senza chiedere permesso, lo posarono goffamente su di uno sgangherato sedile di pelle a forma di cubo. Istintivamente, Edward incrociò le gambe e si trovò con le ginocchia all'altezza della parte superiore dello sterno.

Alzò lo sguardo.

Sei occhi nerissimi e lucidi lo fissavano con apparente indifferenza, quasi si trattasse di un soprammobile. I tre misteriosi ceffi, che avevano sul capo la caratteristica kefiah, erano di carnagione color bronzo e parlottavano fra di loro muovendo continuamente gli occhi mobilissimi e usando il palmo delle mani a ventaglio per dare maggior forza al discorso.

Uno di questi, che doveva essere il capo, si rivolse ad Edward in pessimo inglese, cercando comunque di farsi comprendere, anzi, sforzandosi di apparire chiaro e persuasivo. Dai gesti, più che dalle frasi raffazzonate, Edward intuì che lo stava invitando a una conviviale "tiratina" dall'enorme narghilè di vetro collegato a un canna che troneggiava sul basso tavolino. Il bordo superiore del bocchino aveva un aspetto tutt'altro che gradevole, come un chewingum abbondantemente masticato ed era collegato al recipiente ovoidale da un lungo tubo di gomma, tinta mattone. Nella vaschetta di vetro, galleggiavano alcune foglie non più lunghe di un paio di centimetri, di color giallo verdastro.

Con studiata calma, sfoderando una certa solennità di gesti, come adempiendo a un rito, gli uomini si passavano il bocchino da destra a sinistra, traendone lunghe volute di fumo azzurrognolo che poi lasciavano librare nell'aria viziata.

Edward osservò gli uomini intenti a fumare, ma non riuscì ancora a focalizzare per bene quanto gli stava accadendo, né, tantomeno, perché si era venuto a trovare in quell'antro puzzolente e male illuminato e, per di più, alla presenza di quegli sconosciuti.

Che fosse ostaggio di qualche commando palestinese?

La fantasia geopolitica stava evidentemente aleggiando sopra i suoi pensieri e il dubbio lo sfiorò alquanto, considerando lo strano clima di cortesia e di cameratismo spinto dimostrato nei suoi riguardi. Considerò poi che, se non era loro prigioniero, permaneva pur sempre il mistero della messa in scena che aveva accompagnato ogni suo gesto fino allora. Salvo che ogni cosa non fosse in ossequio a qualcuno che stava ben più in alto di quei tre poveracci.

E l'odore forte e nauseabondo dell'intruglio che impregnava la stanza dalle dimensioni contenute, non giovava di certo a sollevare Edward dallo stato confusionale in cui si trovava.

D'un tratto, con un cordiale sorriso, l'uomo seduto alla sua destra gli porse un tubetto di gomma dal lungo bocchino. Edward non poté fare a meno di ringraziare a fior di labbra, ma con il sicuro intento di rifiutare, seppur cortesemente, la premurosa offerta. Alzò quindi timidamente la mano in segno di diniego, come dare ad intendere di essere già sazio e di non gradire ulteriormente. Le minacciose occhiate dei tre uomini con la kefiah, però, lo convinsero a desistere immediatamente dal malestro tentativo e, proprio per il fatto di essere stato invitato a condividere, ciò lo poneva in una situazione invidiabile. Date le circostanze, come avrebbe potuto rifiutare?

Edward era comunque sufficientemente conscio da comprendere la precarietà della sua posizione di inferiorità e, contemporaneamente, la favorevole condizione ancora esistente nei suoi confronti. Cosa avrebbe potuto fare di diverso? Forse mettersi a gridare o cercare di fuggire? Chi avrebbe potuto sentirlo e dove avrebbe potuto andare? E chi lo poteva aiutare... in un posto di cui non conosceva nemmeno l'ubicazione?

Era ancora in attesa di trovare una soluzione ai suoi quesiti, che si trovò fra le mani il bocchino ancora umido di saliva del fumatore che lo aveva preceduto. Dovette, a quel punto, cedere e, seppur controvoglia, far buon viso a cattiva sorte, poiché eventuali proteste non avrebbero sortito effetto alcuno. Cercando di vincere il crescente senso di nausea, chiuse gli occhi rassegnato e si ficcò la cannuccia fra i denti, tirando una brevissima boccata dal tubetto. Compì l'azione a titolo dimostrativo e più che altro per dare ad intendere agli occasionali compagni che, in lui, non mancava certo la volontà di collaborare.

Ma non fu un granché come soluzione.

I pezzi di juta che tenacemente resistevano sui muri sbrindellati e le macchie d'unto così ben disposte da apparire quadri in una pinacoteca, divennero parte integrante dell'ultima visione nitida e statica che gli si presentò, perché, subito dopo, pareti, luci, suppellettili e fumatori, presero a girare vorticosamente, tanto che sentì nuovamente le forze mancargli. Un violentissimo senso di spossatezza e di impotenza lo tenne fermamente inchiodato allo sgabello di cuoio. Rimase come in catalessi, con le gambe bloccate e legnose, e attraverso il velo il velo che stava rapidamente calando sugli occhi riuscì malapena a focalizzare, per un istante, il viso imperturbabile dei tre arabi che continuavano a fumare tranquillamente e lo osservavano con un certo stupore.

Un fievole raggio di luce, filtrando dalla finestra accanto al soffitto, penetrò tagliente come una lama di rasoio negli occhi semiaperti di Edward, ancora frastornato e dolorante in ogni punto del corpo. E l'improvviso chiarore gli provocò una lancinante fitta al capo che lo indusse a serrare repentinamente le palpebre. Poi, però, poco a poco, riuscì a prendere confidenza con il sottile cono di luce riflesso sul pavimento di mattonelle sconnesse in più punti e constatò, con una certa sorpresa, che aveva cambiato ubicazione. Anche se il forte mal di testa e la lingua spessa due dita gli rammentavano la notte d'incubo.

Il nuovo locale non era una reggia, tutt'altro, ma era meno puzzolente e non impregnato di fumo come il precedente, anche se le sue mucose non sembravano trarne granché giovamento. A ben vedere, la stanza non era nemmeno una stanza, ma una stalla e lui si trovava supino su un lettuccio con un cumulo di paglia come materasso. Alla sua destra, c'erano due muli dal muso affilato che lo fissavano con un'espressione triste, abbruttita... forse solamente di disgusto nel trovarsi al cospetto di quel tipo dall'aspetto sparuto e dal vestito del color della loro criniera.

L'uomo e gli animali parevano diffidare uno degli altri, quasi che, entrambi, fossero in attesa di qualche evento liberatore.

La scena si movimentò poco dopo, con l'improvviso ingresso in campo di un bambino sporco e malamente vestito che, senza degnare Edward di uno sguardo, si mise a conversare con gli animali, farfugliando una serie di vocaboli forse comprensibili solamente dai due somari.

L'espressione del viso del ragazzino indusse Edward a pensare che il piccolo si stava forse scusando con i muli per il sacrificio richiesto di aver dovuto condividere il locale con uno sconosciuto. Poi, il ragazzino si accovacciò contro il muro, a qualche metro di distanza e incominciò a sbocconcellare un pezzo di Pitta, il tipico pane arabo dalla forma sottile e tondeggiante.

In tutto quel frattempo, Edward poté notare che la porta dov'era apparso il ragazzo era rimasta aperta a metà e lasciava passare un'invitante frescura: poteva essere forse il momento opportuno per togliere il disturbo. Così, senza ulteriori ripensamenti, sposò l'idea e, facendosi forza, uscì all'aperto. Con un guizzo degno di un centometrista si trovò immerso in un vicolo maleodorante.

Stava albeggiando.

Il luogo sembrava ben lontano da quello dove l'avevano prelevato la sera precedente. Era situato al centro di una specie di villaggio dall'aspetto triste e abbandonato, con dei tuguri fatiscenti che si reggevano in piedi per puro miracolo. Edward camminò per le stradine scure e strette, in cerca di qualche riferimento prezioso, con la poca luce che cadeva dai tetti sporgenti e dagli spigoli appuntiti agli angoli delle case. Si trovava nel Kefar ha-Shiloah, il quartiere di Gerusalemme occupato dai Palestinesi. Piccole case attaccate una all'altra, in una monotona distesa di costruzioni assurde e cadenti, con i muri di pietra ricoperti per intero di pittoresche scritte in lingua araba. Un agglomerato dai miseri tratteggi, in notevole contrasto con i maestosi grattacieli color rosa pallido che componevano gli eleganti quartieri della parte residenziale della città, abitati dalla popolazione ebraica. Un incredibile contrasto di mondi così vicini fisicamente, ma lontanissimi fra di loro, sullo sfondo di un allucinante camminamento di degrado e di miseria.

Edward cercò di districarsi in quel dedalo di viuzze dal forte odore di umanità, tra i cassonetti dell'immondizia maleodoranti e debordanti lerciume, presi d'assalto da torme di topi grossi come un piede umano. Macchie giallognole di liquame sostituivano in più punti l'asfalto inesistente. Sbandando come un ubriaco, Edward evitò abilmente gli ostacoli che si paravano davanti, come mine su un percorso di guerra. Gli mancava, però, la forza per domandarsi che cosa si sarebbe ancora dovuto aspettare durante quei giorni nati sotto l'insegna dell'agognata, ma ormai già pleonastica, vacanza-relax.

Guardandosi furtivo, Edward costeggiò il periplo della collina e si trovò con il promontorio dell'hotel Intercontinental alla sua sinistra. Dalla cima del Monte degli Ulivi, cosparso di tappeti erbosi verde chiaro, si ergevano chiazze ombrose ed affusolati cipressi, alti come guglie, che punteggiavano e contrastavano con la contigua distesa assolata dello Jewish Cemetery.

Una sottile nebbiolina dorata, formatasi con il primo calore, copriva l'Hidron Valley quando Edward s'involò lungo la tortuosa El Mantzuria, che corre ai fianchi del cimitero ebraico, confondendosi con un gruppo di turisti radunati in quel luogo di quiete. Mentre, in cuor suo, cominciava ad affiorare quell'humor nero, cui andava giustamente famoso, ma speranzoso, tuttavia, di non dover incorrere anche lui nel terzo "k.o. fatale". Da buon musicista, rammentò a se stesso il verso che contraddistingueva il *leitmotiv* della Sesta sinfonia del suo amatissimo Mahler.

Giunto all'altezza della stradina che porta al Dominus Flevit, Edward si staccò dal resto della compagnia e voltò svelto a sinistra. Varcato uno stretto cancello di ferro, si trovò nell'assolato e silenzioso spiazzo occupato da una moltitudine di nude tombe di pietra.

Era finalmente arrivato allo Jewish Cemetery.

Davanti a i suoi occhi, c'era adesso una sfilza di parallelepipedi sepolcrali in lunga, monotona sequenza, Con unica variante al paesaggio, un povero somarello spelacchiato che seguiva mestamente un vecchietto raggrinzito e secco come un'acciuga col capo riparato da una piccola cupola nerastra. Edward non ebbe nemmeno il tempo di soffermarsi a considerare la sua assurda situazione che il sole, già alto in cielo, gli ricordò il vero motivo della sua venuta in quel luogo. Pensò innanzitutto ai gesti da compiere e si mise istintivamente in moto come un fantoccio guidato da fili invisibili, scoprendosi una mente schematica e fotografica. A sua insaputa, la Dea Mnemosine aveva evidentemente lasciato nelle sue meningi profondi e tangibili segni di riconoscimento.

Per prima cosa, Edward voltò le spalle alla Moschea di Ras el Amud, poi incominciò a salire tra le molte tombe. I lucidi mocassini di pelle nera sprofondando nel terreno molle e sabbioso presero poco a poco il colore delle pietre tombali. Su ogni loculo c'erano mucchietti di sassi di varie dimensioni, deposti in quel modo nel rispetto dell'usanza ebraica. Giunto al punto prestabilito, si fermò e si posizionò secondo le indicazioni ricevute, con lo sguardo rivolto verso l'alto, in direzione della tomba dei Profeti. E rimirò quindi l'ombra del suo corpo proiettata sulla tavola di pietra di una delle tombe, restando per qualche attimo immobile, trattenendo il fiato ed aguzzando lo sguardo, mentre un rivolo di sudore gli rigava il volto teso. Chi aveva ideato quella messa in scena, doveva conoscerlo alla perfezione... e persino nel dettaglio di quei suoi 183 centimetri di altezza!

Passati alcuni secondi, la sua ombra si materializzò su una lastra a forma rettangolare, leggermente più grande delle altre. Edward si avvicinò e cominciò a contare i diciannove sassolini alla sua sinistra, passando poi in rassegna il mucchietto raccolto sul lato opposto. Nel sollevare l'ultimo dei ventiquattro frammenti di roccia, percepì un leggero fruscìo dietro di sé. Istintivamente, si scostò di qualche passo, mentre una forma scura lo sfiorava e, senza toccarlo, piombava prona sulla pietra tombale, proprio davanti a lui.

Si trattava di una figura maschile, corpulenta, nella cui schiena, appena oltre le scapole, spuntava il manico madreperlaceo di un grosso pugnale. Subito dopo, il corpo scomposto e senza sostegno scivolò a terra sul dorso, ai lati della tomba. E così rimase.

La scena era stata così fulminea, che Edward, rimasto ancora con l'ultimo sassolino in mano, abbassò istintivamente lo sguardo e riconobbe in quell'uomo il tizio che aveva visto al Cardo Vecchio, lo stesso che nel Suk Khan ez-Zeit gli aveva indicato la strada per raggiungere la Porta di Damasco.

E notò, sbigottito, che aveva ben stretto nella mano sinistra uno stiletto a lama curva dalla originale impugnatura a pomodoro: il pensiero che quella piccola arma doveva essere con tutta probabilità destinata alla sua preziosa schiena, gli provocò un brivido gelido, nonostante l'aria di primo mattino fosse piuttosto tiepida.

Ed era ancora talmente sorpreso, che non fece neppure caso quando, pochi istanti dopo, come per una strana magia la splendente luce del sole che illuminava la scena di colpo svanì... e per lui fu nuovamente buio fitto.

VII.

La Mercedes grigio ardesia con targa blu, proveniente dai territori occupati dai Palestinesi, si inserì come un fulmine nella spaziosa e veloce Jerico road, che corre parallela ai piedi del Monte degli Ulivi, e si lasciò alle spalle le antiche mura di Gerusalemme. Attraversando rapida El-Azariye, l'antico villaggio di Betania, l'auto proseguì poi la corsa lungo la spaziosa strada in leggera pendenza. Dopo alcuni chilometri percorsi a velocità sostenuta, tra continui avallamenti e curve a gomito, affrontate con acuto stridio di ruote, la Mercedes rallentò di colpo la marcia. La polvere sollevata e raccoltasi sulla carrozzeria durante la corsa l'aveva ricoperta di un velo giallognolo, quasi a mutarne l'originale vernice.

Alto, nell'azzurro pulito del cielo, il sole stendeva l'occhio vigile sul paesaggio che mutava di continuo. Costruzioni chiarissime in pietra levigata si stagliavano sui promontori arsi e tondeggianti, con ampi spazi sabbiosi, dove la vegetazione fatica ad emergere dal suolo brullo e secco. Su alcuni pianori a forma di terrazzo, tra dune desertiche e rocciose, c'erano degli accampamenti di beduini dalle grandi tende color prugna, sbiadite e lise dagli impietosi raggi del sole. Uno strano habitat dagli aspetti lunari nel quale loro erano gli incondizionati padroni.

Era da una ventina di chilometri che la Mercedes proseguiva la sua corsa attraverso quella parte del deserto di Giuda, fra colline grigiastre punteggiate di piante di ulivo e di ciuffi disordinati di macchia mediterranea. L'auto prese poi lungo le propaggini in direzione del Mar Morto e, dopo poche centinaia di metri, una postazione di blocco, paratasi davanti all'improvviso, costrinse il veicolo a un brusco rallentamento.

L'imprevisto scossone, giunse come una panacea per Edward che ebbe così modo di riaversi dal profondo stato di torpore e di smarrimento. Ciò gli servì, se non altro, a rendersi conto che si trovava comodamente sdraiato sul sedile posteriore di un'auto dotata di impianto di condizionamento. E mentre la tonificante frescura lo aiutava a ricuperare il sensorio, piuttosto scosso dagli ultimi accadimenti, pur rassegnato ad ogni evento si preoccupò di controllare le condizioni della sua spaziosa fronte, sulla quale faceva bella mostra un considerevole bozzo che lo fece riandare con la mente al cimitero ebraico. Quella protuberanza non poteva che essere il risultato della botta subìta sbattendo contro la pietra tombale, sulla quale aveva trovato i sassolini con il numero dei suoi anni. Però, nonostante tutte le curiose e traumatiche coincidenze, ciò che gli stava capitando continuava ad essere avvolto da un velo di incomprensibile mistero. Cosa ci faceva dunque lì quel morto ammazzato e perché, poi, quel tipo era in quel posto per uccidere proprio lui?

Intento nelle sue considerazioni, Edward non si era accorto che sul sedile davanti a lui c'era un omaccione dalla carnagione ambrata, vestito interamente di bianco c con un fcz sul capo, chc osscrvava distrattamcntc il pacsaggio. Alla guida della Mercedes c'era invece un uomo dallo sguardo sfuggevole, che ogni tanto si voltava ad osservarlo, elargendogli dei sorrisetti cortesi ma un po' stereotipati, con l'espressione tipica dell'orientale: un perfetto connubio tra cortesia e indifferenza.

Edward alzò lentamente il capo e fissò quella specie di mummia che gli stava davanti, senza però ottenere il minimo segno di interesse nei suoi confronti. Allora, concentrò l'attenzione sulle sue più immediate esigenze. E, per prima cosa, cercò di rendersi più presentabile. Prese il fazzoletto, lo umettò e se lo passò sopra il viso sporco di terra e di sangue, per contenere l'ematoma ed apparire così un po' meno disastrato. Considerò, poi, come quella stravagante regìa calcolasse in anticipo ogni suo movimento, cosicché lui non pareva essere altro che lo strumento per l'attuazione pratica di un fantomatico progetto. D'altronde, gli avvenimenti occorsigli non potevano dare adito ad altre deduzioni...

Edward cercò comunque di lasciare da parte ogni altra riflessione e appoggiò il capo al finestrino dell'auto, con la passiva rassegnazione del condannato in attesa di salire sul patibolo, cercando di interessarsi al panorama.

In lontananza, spuntavano le rovine di Khirbat al-Mafiar, con quel che restava del grande palazzo e della Moschea fatti erigere dal Califfo degli Ommiadi, Hisham. La visione dell'imponente sito archeologico lasciò ben presto spazio alle moderne costruzioni della periferia di Er-Riha, la Gerico attuale, ora totalmente diversa da quella conquistata dal mitico Giosuè. Sulle modeste e brulle alture circostanti, confuse nell'alone del sole cocente, si vedevano i resti delle mura e delle torri neolitiche attorniate da profondi e scuri fossati, sommersi da strati calcarei via via accumulatisi con lo scorrere dei secoli. All'improvviso, il paesaggio prese a cambiare di netto, quasi a ricalcare il repentino mutare delle immagini di un film. Edward si stropicciò più volte gli occhi per focalizzare la nuova visione: ora, la strada era ridotta a una sottile striscia di asfalto, tra la stupefacente e fitta vegetazione dell'oasi subtropicale a… duecentocinquanta metri sotto il livello del mare!

Persino l'uomo seduto davanti a lui, seppure composto e rigido come un pezzo di marmo, sembrava divertito nel vedere Edward stupirsi di continuo davanti a quel paesaggio dai tratteggi fiabeschi, tra mille sfumature di luce e mirabili effetti cromatici a causa degli ombrosi avvallamenti costeggiati di palmizi, aranceti e bananeti carichi di frutti fino all'inverosimile. Nell'incavo della montagna, oltre uno sterminato campo di mais dai tutoli ancora verdi avvolti nelle foglie affusolate, si scorgevano le mura del convento greco-ortodosso di Wadi El Kel, del quale spiccavano le splendide cupole color blu di Prussia.

Dopo oltre un'ora di corsa spedita, la Mercedes rallentò vistosamente, a causa di un gruppo di cammelli montati da beduini avvolti nei loro drappi che attraversavano la strada con movenze lente e disarticolate. Senza alcuna fretta, la carovana passò oltre la rotabile principale davanti alle auto in paziente attesa. Ripreso il cammino, dopo un lungo giro intorno alle mura della città vecchia, l'auto abbandonò la statale che proseguiva verso nord in direzione di Nazareth e si inoltrò per qualche centinaio di metri in una stradina stretta e polverosa, concludendo la sua corsa davanti ad un alto cancello di ferro brunito che aveva l'aspetto lugubre dell'ingresso di una prigione. Il cancello si aprì docilmente, non appena l'autista azionò la fotocellula. La Mercedes percorse un tratto di fondo ghiaioso, attraversando un grande parco e si fermò al cospetto di una sontuosa costruzione in stile moresco. Le cui merlature bianchissime e fosforescenti brillavano alla luce accecante del sole.

Il palazzo sorgeva al centro di uno spiazzo delimitato da alberi più alti del fabbricato che lo nascondevano rendendolo impenetrabile come un fortilizio. Oltre un vialetto dalle grandi palme aperte ad ombrello, c'era una piscina a forma di grande "S" costeggiata da fitti cespugli dove spiccava, tra il verde scuro e lucente delle foglie, il rosso vivo dei fiori di alcune piante di ibisco.

L'autista scese dalla Mercedes e andò lestamente ad aprire la portiera di Edward, accompagnando il gesto con un elaborato inchino da far invidia al più premuroso dei lift dell'Hilton. L'uomo vestito di chiaro allungò il braccio possente e invitò Edward a seguirlo.

Fu così che Sayyd Wilson, come l'aveva chiamato l'autista, si trovò a mettere il suo incerto piede sul vetusto suolo della più antica città della terra.

VIII.

L'interno del palazzotto aveva l'aspetto di una piccola reggia o, ancor meglio, di una Moschea. Il pavimento era un solo grande tappeto color fucsia, in piena armonia con le pareti fasciate di seta della medesima tonalità. L'ambiente, così splendente, a prima vista appariva alquanto enigmatico. Dagli interstizi camuffati e celati da grandi modiglioni che correvano lungo il perimetro del soffitto uscivano dei discreti fiotti di aria condizionata. Oasi nell'oasi, quella specie di Sinagoga nascosta tra avvallamenti e fondali desertici assumeva l'aspetto di un Eden pieno di misteri.

Abbagliato dal repentino mutamento di scena, Edward seguì il suo laconico anfitrione, pensando di essere capitato nell'antro di qualche Califfo dalle Mille e una notte. Puntando sempre sul suo sesto senso, che pareva acuirsi mano a mano che s'addentrava in quella strana avventura, Edward ritenne che, forse, era giunto il momento in cui quell'arcano gli si svelasse una volta per tutte. I suoi pensieri si fermarono però di botto quando si trovò davanti agli occhi una massiccia porta di legno color azzurro intenso, come il cielo prima degli assalti del tramonto.

Al centro della porta, raccolti a grappolo, piccoli fiori bianchi e gialli delle sassifragacee erano disposti a immagine dello stemma di qualche sultanato.

L'uomo che lo accompagnava sfiorò appena il battente dell'uscio, che questo si spalancò rivelando un enorme ambiente a forma circolare. L'ampia volta a cupola era formata da coloratissime tèssere di mosaico raffiguranti amorini scatenati in danze sabbatiche.

Poi, l'uomo del fez scarlatto, con un cenno della mano fece entrare Edward, chiudendogli subito dopo la porta alle spalle.

Edward si trovò solo nella stanza.

Il salone, circondato da arcate alte e slanciate come il recinto di un caravanserraglio, aveva al centro una piscina ottagonale colma di un liquido biancastro e profumato, talmente denso da apparire come la superficie levigatissima di uno stagno coperto da uno strato di cerussite. Controllando più attentamente, Edward scoprì che si trattava invece di una grande quantità di latte di cammello, amalgamato con un'essenza particolare che effondeva un fragrante profumo.

Passò qualche minuto, poi, al suono di una soave musica evocante danze misteriose e piene di attese, da ognuna delle tre arcate confinanti con il salone spuntarono altrettanti figure femminili con il costume da odalische, coperte da veli trasparentissimi e vaporosi come nuvole di vento. Il loro volto era nascosto e si intravvedevano unicamente gli occhi nerissimi. Le tre figure avanzarono in direzione di Edward, mentre una dolce musica di sottofondo ne accompagnava le movenze piene di sensualità. Sotto il velo colorato, lungo fino alle caviglie, l'ardita fantasia di Edward non faticò ad immaginare visioni incantevoli di estemporanee sacerdotesse dall'aspetto statuario.

Edward serrò forte forte le dita, fino a provare dolore, pur di accertare di essere ben presente e di non scoprirsi vagante in un ignoto limbo irreale. Nello stesso tempo, si sentì di colpo debole e indifeso. Forse stava già per terminare la sua scorta di adrenalina? Per un istante, accantonò l'uomo serioso ch'era in lui e si lasciò cullare dall'onda gradevole di quel delizioso fuori programma, considerando che poteva essere il momento buono per gustare "anche" il lato positivo della missione. Soprattutto, dopo tutte le traversie passate e le avversità abbattutesi sul suo capo a ritmo incalzante. Vide accanto a lui un divano e affondò le sue stanche membra in curiosa attesa del... prosieguo della storia.

Nel frattempo, le tre fanciulle dalle labbra dischiuse in un invitante sorriso, si avvicinarono a lui, lo sollevarono dal divano e con gesti aggraziati iniziarono a spogliarlo. Considerandosi una povera vittima sacrificale, Edward ritenne opportuno non opporre resistenza, cercando, anzi, di apparire il più naturale possibile.

Sempre a passo di danza, con studiate movenze, una delle ragazze gli offrì un cesto ricolmo di datteri e grappoli d'uva, mentre le altre due, staccando dal graspo alcuni acini, lo imboccavano come si fa per un bimbo con il biberon. La divina fragranza dell'ambrosia s'insinuò fra le sensibili papille di Edward, lasciandogli una piacevole sensazione di stordimento. Tutto ebbe però breve durata, perché le tre nutrici, con mosse leggere e svolazzanti, come seguendo le regole gestuali di un minuetto, lo presero per mano e lo invitarono ad entrare in loro compagnia nell'enorme coppa di liquido biancastro e profumato.

Avvinto dal momento magico, Edward cercò di mantenere saldo il suo self control, mentre ogni remora morale di nuovo e antico retaggio sembrava d'improvviso allontanarsi in misura direttamente proporzionale all'eccitazione che invece si avvicinava a ritmo incalzante. Senza altro preavviso, le tre donne si tuffarono con lui nella grande vasca ed Edward pensò che fosse giunto il momento per dare inizio al rito di purificazione. Il trasparente abbigliamento di quelle tre Vestali a contatto con il liquido tiepido e dolciastro, si amalgamò al punto da formare un tutt'uno con il loro corpo sinuoso e provocante. D'incanto, i veli si tramutarono in vaporosi e incorporei petali di color rosa pallido ed Edward si sentì piacevolmente in balìa delle giovani donne che parevano baccanti scatenate. Gli rimase solo il tempo di riflettere che, dopo tutto, aveva accettato in precedenza situazioni meno gradite, cosicché non doveva provare rimorsi se, nel momento contingente, il suo ultimo barlume di probità sapeva adattarsi all'evenienza.

Con somma perizia e studiata azione coreografica, le tre donne si immersero a turno nei candidi flutti, per subito riaffiorare, per ritornare sott'acqua, e per poi ripresentarsi a lui ancor più provocanti e fascinose. Figure magiche, che gli ricordavano le fattezze della *Venere* del Botticelli sorgente dalle acque del mare e gli provocavano sensazioni incalzanti e tumultuose. Brividi di piacere che dispersero in breve ogni sua residua briciola di raziocinio.

Quando anche l'ultimo lembo sensoriale stava paurosamente per vacillare e cadere sotto gli impietosi colpi del maglio che lo serrava in un imponderabile stato di pathos, le tre silenziose e giovanissime sirene, che parevano nate prive di favella, lo riportarono all'asciutto, trascinandolo di peso su di un soffice tappeto ai bordi della piscina. Lo asciugarono, lo avvolsero in una frusciante veste di seta e, dopo un sapiente massaggio in tutto il corpo, lo cosparsero di un'essenza dal profumo di lavanda. Poi, sempre nel silenzio più assoluto, com'erano entrate uscirono dal grande salone al suono di un magico Bolero, senza degnare di uno sguardo il povero Edward, ancora frastornato e un po' deluso... ma lucido e olezzante come un confetto.

Lo spettacolo era dunque già terminato?

La sua mente non dovette comunque indugiare troppo, perché, da una porticina laterale, rifece capolino l'uomo dal fez vestito di bianco che lo aveva condotto fino a Gerico.

Anche lui, taciturno e premuroso.

Sull'avambraccio, teso come l'asta di una bandiera, portava un elegante gessato di cotone, sul palmo dell'altra mano reggeva un vassoio con una camicia di seta azzurra. Posò delicatamente il vestito sullo schienale di una sedia e il vassoio con la camicia su un tavolino lì accanto, poi aprì sorprendentemente la bocca per dirgli in un idioma a lui incomprensibile di seguirlo non appena si fosse vestito.

Quel bizzarro comportamento non gli fu di grande aiuto per riportare la mente su sentieri logici, ma fu comunque sufficiente per indurlo a ritenere cosa saggia non affaticarsi troppo il cervello alla caccia di inutili congetture. Quel succedersi così ravvicinato di *nonsense*, divenuti ormai consueti, era servito a svuotarlo di ogni forza reattiva.

Edward fu pronto in un istante, naturalmente nel... più perfetto silenzio.

Edward uscì da quella specie di *salon de beauté* preceduto a grandi passi dal suo anfitrione. Imboccarono spediti un lungo e spazioso corridoio in leggera pendenza, che pareva non finire mai, alle cui pareti c'era una moltitudine di quadri illuminati da faretti a forma di conchiglia. La galleria terminava davanti a una porta dal frontale di cuoio, punteggiata di borchie a forma di testa di leone.

Il compito del suo accompagnatore sembrava concludersi a quel punto, perché dopo aver cadenzato sulla porta alcuni colpi di un segnale convenuto, questi si fece da parte lasciandolo sulla soglia di una stanza dai contorni incerti, quasi immersa nel buio.

La porta si rinchiuse ed Edward rimase fermo e statico come una fusione rapidamente solidificatasi. Poi, come colui che si trova in una fitta boscaglia e cerca di abituarsi all'assenza di chiarore, aiutandosi con un barbaglio che proveniva dalla sua destra avanzò di qualche passo, fino ad individuare, nella tenue luce di una lampada, un provvidenziale fascio luminoso. Che, d'improvviso, puntò su di lui.

Per un istante, Edward rimase abbagliato e confuso, percependo però la presenza di qualcuno a pochi metri dal suo naso, come chi si approssima al fuoco e sente più vicina la fonte di calore.

«Benvenuto, Edward!» disse d'un tratto una voce squillante, proveniente da un ampio tavolo di mogano.

Edward rimase impietrito. Quella voce non gli era nuova.

«Ti prego, accomodati... caro Ed» riprese la voce nella sua lingua.

Il tono era cordiale e conciliante.

Edward fece scorrere la mano sudaticcia sul dorso della poltrona di pelle al suo fianco, mentre i piedi parevano affondare nel soffice tappeto come in mezzo alle sabbie mobili. Poi, sedette.

La figura che si trovava davanti a lui, distante non più di un paio di metri, appariva adesso più marcata nei contorni. Si trattava di un uomo dalla corporatura abbastanza imponente che aveva il volto quasi interamente nascosto da lenti grosse e scure.

Entrando, Edward aveva notato che la stanza era spaziosa, ma un po' asettica, totalmente priva di finestre e di altri punti luce. C'era una semi oscurità così irreale e in netto contrasto con l'accecante luce del mondo esterno poco lontano, da far pensare ad un antro nascosto e impenetrabile nelle profondità della terra.

Nel breve silenzio che seguì, Edward cercò di raccapezzarsi e vide che le mura della camera, piano piano, si coloravano di un misterioso color rosso cupo.

«Ahlan wa sahlan. Akh!» riprese ancora la voce.

Fu allora, che Edward capì.

IX.

Edward sporse in avanti il busto, allungando il collo come una giraffa. «T... tu?» riuscì malapena a balbettare.

«Sì, caro Edward. Proprio io. Ti trovi davanti al vecchio Moud».

«Mahmoud El Kabir...guarda solo...».

Edward era esterrefatto. Scosse il capo più volte, incredulo.

Dopo qualche attimo, però, si rivolse all'uomo dietro il grande tavolo e con voce stentorea, disse: «Spero che adesso qualcuno mi spieghi *perché* mi trovo qui e *perché* mi sono capitati tutti questi contrattempi». L'accento era divenuto improvvisamente duro e tagliente, con una punta di sarcasmo nella voce.

Poi, si alzò, piantandosi ben saldo davanti alla figura ancora confusa nella semioscurità.

El Kabir lo invitò a sedere. La sua voce, al contrario di quella di Edward, era gentile e calmissima.

Edward esitò, poi riprese posto sulla poltrona. Accavallò le lunghe gambe e cominciò a tambureggiare nervosamente le dita sul bracciolo della poltrona. Rimase in attesa, con il viso severo e lo sguardo penetrante.

Ci furono brevi attimi di silenzio.

«È vero, Ed» riprese Mahmoud, «hai pienamente ragione di adirarti. Sarà forse bene che cominci a darti qualche spiegazione...».

«Quali spiegazioni! Forse non ti rendi conto che...».

«Comprendo appieno il tuo disappunto» lo interruppe Mahmoud con il palmo della mano aperta, quasi a voler attenuare le meritate rimostranze dell'amico. «Ma ti prego, adesso, ascolta».

Edward si compose e considerò che sarebbe stato doveroso fare comunque un atto di fede nei suoi riguardi. «Okay. Okay. Parla» disse.

«Devi comunque sapere che, come posso dire... è una questione un po' complicata».

Mahmoud sembrava in difficoltà nel trovare le parole giuste, al ché Edward, acquistato nuovo vigore, ribatté scuro in volto: «Allora, spiegati. Sono tutt'orecchi». Lo fissò attentamente attraverso il tenue chiarore che diffondeva la stanza e notò che quando Mahmoud parlava non lo guardava in viso e teneva il capo sempre leggermente piegato da un lato, come se invece di parlare stesse ascoltando.

Con la mano sinistra, Mahmoud premette un grosso pulsante sul bordo del tavolo. Passarono alcuni istanti e fece capolino l'uomo con il fez. I due parlottarono in arabo, poi la guardia del corpo, agli occhi di Edward non poteva essere che tale, dopo un profondo inchino si allontanò. Tornò subito dopo con un piatto d'argento contenente una bottiglia e una caraffa d'acqua con due bicchieri, che riempì a metà di un liquido perlaceo, e li colmò d'acqua. Posò tutto sul tavolo e voltando i tacchi uscì dalla stanza.

Mahmoud riprese: «Penso sia meglio, tanto per cominciare, brindare al nostro incontro... dopo tanti anni di lontananza».

Prese con sicurezza uno dei bicchieri sul tavolo e lo porse ad Edward. Dal suo volto, per gran parte nascosto dagli enormi occhiali, trasparì un sorriso velato di malinconia.

«Vent'anni, sono oltre vent'anni...» disse questa volta un po' meno acido Edward. Scrutò con una certa perplessità il liquido color panna e gli ricambiò il sorriso. Si era già lasciato alle spalle tutte le traversie capitategli, anche se gli rimanevano ancora dei dubbi sul motivo di quegli occhialoni scuri dell'amico in una stanza quasi buia e senza finestre. E perché, poi, Mahmoud si trovasse rinchiuso in quella specie di bunker.

«Si chiama Arak» disse Mahmoud, prevenendo il senso di diffidenza di Edward intento a scrutare nel suo bicchiere. «È una bevanda locale che si ottiene dalla fermentazione del riso... ed è ottima anche come aperitivo».

Senza saperlo, aveva anticipato la domanda che Edward si apprestava a rivolgergli. A parte quell'irrilevante particolare, tuttavia, Edward non riusciva ancora a raccapezzarsi per quel qualcosa di strano che gli impediva di focalizzare e di realizzare bene l'uomo seduto davanti a lui.

«Al nostro ritrovamento...» disse alfine Edward, spostandosi senza far rumore sulla poltrona accanto. E senza distogliere gli occhi di dosso a Mahmoud, portò il bicchiere alle labbra: il liquore aveva un gusto dolciastro e profumava fortemente di anice. Bevve alcuni sorsi con moderato entusiasmo ed osservò che Mahmoud teneva ancora in alto il suo calice, con il braccio rivolto nella direzione dove lui in precedenza si trovava.

Mahmoud rimase per qualche attimo con il braccio mezzaria, come smarrito, poi bevve il suo contenuto tutto d'un fiato.

«Caro Ed» disse quindi con tono di evidente rassegnazione, «non hai impiegato molto a comprendere ogni cosa!».

Si lasciò andare contro lo schienale della poltrona, sconsolato.

«Già...ma...».

Mahmoud non lo lasciò proseguire. Si tolse gli occhiali e scoprì per intero il suo volto.

Edward allibì.

Aveva dei dubbi che quelle lenti scure potessero nascondere qualcosa, ma fino a quel punto...

Mahmoud non aveva più i suoi stupendi occhi: le due grosse gemme azzurro intenso avevano lasciato il posto a piccole fessure color marroncino della dimensione di una capsula di papavero. Intuì il disagio di Edward e gli venne subito incontro: «Comprendo il tuo stupore» fece, «purtroppo, è una triste e brutta storia. Ma forse ti aspetti ancora di conoscere il vero motivo *perché* ti sono capitate tutte quelle disavventure».

Il momento era imbarazzante e se ne resero conto entrambi.

«Adesso non ho più premura» rispose Edward. Non osava chiedergli cosa ne era stato della sua musica, di quello che Mahmoud definiva "la ragione della mia vita".

«Ora vorrai conoscere perché mi sono ridotto in questo modo e che cosa ne è stato della mia musica». Mahmoud parlò con studiata calma, come leggendogli nel pensiero.

Edward replicò solo timidamente: «Comunque, tu non avevi problemi sul podio. Se ben ricordo, spesse volte dirigevi ad occhi chiusi». Era ancora così sconcertato che non gli passò per la mente di "filtrare" l'affermazione che, con quei presupposti, poteva forse apparire indelicata.

Mahmoud con un mesto sorriso si alzò in piedi, mostrando per intero la sua figura. Alzò il braccio destro o, meglio, quanto rimaneva dell'arto: un moncone di carne, non più lungo di una spanna, che penzolava inerte dall'attaccatura della spalla.

«Come ti è possibile notare» disse Mahmoud, «la mia brillante carriera di direttore d'orchestra è ormai acqua passata. *Noi portiamo una lampada attaccata alla schiena, ma rischiara solo il cammino percorso.* Non dice così, Confucio?».

Edward pensò che, nonostante tutto, Mahmoud non aveva perso il suo senso dell'ironia. Ma ora quello che era accaduto ed il perché era accaduto poteva ancora avere qualche importanza? Davanti a quella specie di larva umana si pose una domanda: che cosa era dunque accaduto di così tremendo a quell'uomo brillante e invidiato, che pareva avere il mondo ai suoi piedi? E lasciò immediatamente nel dimenticatoio tutte le traversie e tutte le stranezze che lo avevano visto involontario protagonista. Sentì un improvviso groppo alla gola. Era stata dunque un'atroce beffa del destino quella di farlo capitare in quel luogo solo per vedere com'era stato ridotto il suo più caro amico?

«Adesso Hàmed ci servirà un pasto che sicuramente sarà di tuo gradimento. Così potremo parlare e ti potrò spiegare ogni cosa» aggiunse Mahmoud alzandosi.

Aveva ripreso il tono sicuro di una volta.

La sua figura era sempre prestigiosa. Nella semi oscurità che avvolgeva il locale, attenuandone i contorni, a tutta prima l'uomo non pareva mutato: in lui c'era sempre raffigurato il giovane che tanti anni prima gli aveva salvato la vita.

«Vieni, Ed» disse.

Edward si mosse girando rapido attorno al tavolo ed istintivamente andò a prenderlo sottobraccio.

Mahmoud non rifiutò l'aiuto.

Camminandogli accanto, prese d'improvviso a fischiettare il tema di *Akh! Akh!* la Sarabanda da lui composta... sbagliando volutamente il tempo alla fatidica dodicesima battuta.

Non c'erano dubbi, pensò con rammarico Edward, era proprio Mahmoud la figura che gli camminava a fianco e che, ora, si lasciava docilmente guidare come un bimbo dalla madre.

«Pensa, Ed» riprese Mahmoud smettendo di zufolare, «hai appena messo piede in Israele e già ti è riuscito un colpo storico: hai rivisto, dal vero, il famoso cieco di Gerico!».

X.

Non era stato di certo un convivio allegro e spensierato, come avrebbe desiderato Edward, nonostante la presenza di un vero e proprio banchetto fatto appositamente preparare da Mahmoud in suo onore. L'amico si era ricordato dei gusti culinari di Edward e della spiccata tendenza del suo palato al Pilav e agli esclusivi sapori del Donerkebad, gli spiedini accompagnati da foglie di vite farcite di carne trita e spezie. E non aveva neppure dimenticato di armonizzare il tutto con una bottiglia di ottimo Mèdoc che faceva appositamente arrivare dal sud-ovest della Francia. Tutti ingredienti che, comunque, non erano stati sufficienti a riscaldare un'atmosfera tetra e triste, da ultimo commiato.

I due erano seduti ai lati opposti di un grande tavolo stretto e lungo, vivacizzato da una tovaglia color becco d'oca, con disegnati degli strani animali. Hàmed, con un'inappuntabile divisa da maggiordomo e senza il consueto copricapo che metteva a nudo i capelli neri tagliati a spazzola, si era esibito con lo stile e lo zelo del maître di un grand'hotel.

La loquacità piuttosto labile di Mahmoud durante l'interludio conviviale venne ampiamente riscattata allorquando si spostarono nel più caldo e confortevole salotto dalle pareti insonorizzate e chiare come la luce del sole.

Dopo elaborate e tortuose evoluzioni, per tenere costantemente accesa una pipa dal grande fornello schiumato col bocchino di corno, Mahmoud El Kabir si decise a parlare.

Edward ascoltò con attenzione e curiosità il lungo racconto fatto dall'amico.

Dopo anni passati a dirigere concerti per diletto e per beneficienza, perfezionando gli studi di composizione e contrappunto, d'improvviso, Mahmoud si lasciò tentare da un'idea che da tempo lo assillava: collaborare con il Mossad, il Servizio segreto israeliano, con il sotteso scopo di dare la caccia a quelli dell'OLP. Mahmoud, che fino a quel momento era riuscito a passare il tempo con le occupazioni che più gli si appropriavano, mentre altri giovani erano impegnati in ardui e duri cimenti, aveva deciso che fosse giunta l'ora perché, anche lui, incominciasse a fare qualcosa di costruttivo. Dopotutto, non era forse il giovane figlio di un Paese giovane ma ancora e sempre alla ricerca di un'identità e di una conferma? Lui stesso, d'altronde, rientrava nella percentuale di quel sessanta per cento che aveva avuto i natali proprio in quella sottile e contesissima striscia di terra, a fianco del Mediterraneo, tra Siria, Libano ed Egitto e, quindi, riteneva doveroso mettere anche la sua intelligenza al servizio di quel Paese, da sempre soggetto ad attacchi e violenze esterne.

Cosicché, Mahmoud si era messo d'impegno e aveva raggiunto in breve tempo una delle più alte vette nell'organigramma dei Servizi segreti dello Stato d'Israele. Quel Mossad, stimato e temuto. Da tutti.

Un giorno, uno dei suoi colleghi, tra l'altro anch'egli musicista ma senza successo, forse invidioso del suo talento o, forse, solamente per vendicarsi di una questione accaduta in passato, aveva messo in circolazione la voce che lui, Mahmoud, facesse il doppio gioco. Che fosse, cioè, addirittura una spia al servizio di Arafat. Figuriamoci l'effetto di una simile accusa per uno dei massimi esponenti dell'Organizzazione. Il difficile sarebbe stato dissuadere superiori e colleghi dell'inconsistenza dell'infamante accusa. Ma non ci fu verso: le ferree regole esistenti in quei casi erano tremende e senza la minima possibilità di appello. Eppoi, nessuno aveva mosso un dito in sua difesa, perché, evidentemente, doveva risultare colpevole. Ad ogni costo!

Così, dopo un processo sommario, Mahmoud, ritenuto colpevole, era stato condannato e sottoposto a torture dai suoi stessi compagni, nella speranza di ottenere qualche clamorosa informazione, ma senza che qualcuno si premurasse di accogliere la benché minima autodifesa. Tra l'altro, la sua discendenza e il "sangue arabo" che scorreva nelle sue vene non gli furono d'aiuto, anzi, giocarono a suo sfavore. Lo shock fu così grande, che Mahmoud non riuscì a rendersi conto appieno di quello che gli sarebbe toccato nell'immediato futuro. Ma ben presto, però, ebbe occasione di accorgersene, suo malgrado.

I suoi aguzzini pensarono bene di completare l'opera, infierendo nella parte più delicata e vulnerabile della sua persona: con inaudita ferocia lo accecarono e poi gli strapparono gli occhi, gettandoglieli ai piedi, in una sorta di vendetta dal sapore tribale. Sanguinante e orribilmente mutilato, venne abbandonato sulla brandina di una cella fredda e umida, a contatto con insetti ed escrementi di ogni sorta.

Un giorno, nel muoversi, Mahmoud andò ad urtare, lui non vedente, contro lo spigolo tagliente di una sbarra di ferro e si ferì gravemente al braccio destro e, poiché nessuno si era premurato di prestargli soccorso, fu preda di una terribile infezione che gli ridusse l'arto in un'orribile piaga purulenta. Nel silenzio delle lunghe notti insonni, in preda alla disperazione, Mahmoud sentiva gli animaletti penetrare nelle sue carni e cibarsene come in un banchetto. Mancandogli oltretutto ogni elementare forma di sostentamento, dopo qualche giorno non riusciva neppure più a lamentarsi e chiedere aiuto. Una notte, qualcuno degnò di attenzione i suoi sempre più flebili gemiti, ma ormai la cancrena aveva già fatto il suo corso e dovettero amputargli il braccio fino alla spalla per evitargli conseguenze letali. Dopo l'intervento, Mahmoud venne ricoverato in un tugurio non migliore del precedente, dove l'unico lenimento ai dolori e alle febbri era la morfina propinatagli da un guardiano meno disumano degli altri. Ma in tal modo, se non altro, tutto ciò l'aiutò a sopravvivere. I suoi carcerieri pensarono che, rimanere in vita in simili condizioni, sarebbe stato praticamente impossibile: nessuno dei suoi carnefici avrebbe scommesso un solo shenkel sulla sua pelle. Così, Mahmoud fu definitivamente abbandonato al suo destino, in compagnia di qualche tozzo di pane e di una ciotola di acqua putrida. Per sua fortuna, di lì a qualche giorno un girovago, che smerciava oggettini di legno intarsiato da vendere ai turisti, lo soccorse, trovandogli alloggio in una stamberga dei Territori di Gerusalemme occupati dai palestinesi. Anche se non si trattava di una magione, quel luogo era comunque un ambiente abbastanza confortevole, che gli servì per venire fuori da quella dolorosa situazione e conservare in qualche modo la vita.

Completato il racconto, Mahmoud era rimasto in silenzio, quasi a volersi accertare che Edward avesse seguito con attenzione il racconto.

Edward, dal canto suo, impressionato dalla raccapricciante vicenda, sentì il dovere di confortarlo, almeno con la voce e gli disse, infatti, che, per rincuorarsi... si sarebbe servito un po' di cognac!

Così fece e poi ritornò a prendere posto sulla poltrona. Il racconto di Mahmoud era riuscito a confondergli ancor più le sue già pallide idee e a disorientarlo del tutto.

Fu Mahmoud a rompere gli indugi, mettendosi a citare ad alta voce un versetto del Corano: «*Ancora un po' di tempo ed essi si svegliarono un mattino pentendosi*».

Edward non ebbe il tempo di trovare una risposta coerente al detto, che Mahmoud proseguì: «Caro Ed, anche se non dici nulla, sento che il tuo stupore e il tuo disorientamento stanno crescendo. Non sono diventato filosofo tutto d'un tratto... in fondo lo sono sempre stato».

«Non nutrivo dubbi in proposito».

«Tu sai che filosofia e musica vanno a braccetto e che questa è l'unica via rimastami per sopportare degnamente le avversità» disse poi l'amico. Le parole uscivano pacate dalla sua bocca, senza astio, quasi fosse lui a dover consolare Edward.

D'un tratto, però, Mahmoud assunse un atteggiamento tenebroso e duro. Aggiunse: «Comunque, ora, non è più possibile avere ripensamenti».

«Naturalmente, naturalmente...» replicò Edward. Ma, dopo un attimo, venne assalito da un altro dubbio e gli domandò se la sua precedente citazione era per dargli ad intendere di essere passato all'altra sponda. Convenne di essere stato un po' troppo esplicito, ma, a quel punto, non era il caso di tergiversare oltre. Per quale motivo si trovava in quel luogo, allora?

Mahmoud comprese le sue intenzioni, perché replicò: «In un certo senso, non sei fuori strada e non stai sbagliando. Anche se la tua... definizione lascia un po' a desiderare». Sospirò, poi aggiunse: «Dopotutto, cosa avrei dovuto fare di diverso?».

Questa volta, la domanda esigeva una precisa risposta, pensò Edward, che replicò: «Così, hai sposato la causa Palestinese...».

«Adesso non mi considerare un traditore della Patria. Ma qualcosa dovevo pur fare. Neanch'io condivido certi lati violenti e la continua tensione... ma bisogna considerare le cause e le motivazioni che generano questo stato di cose».

Edward ammorbidì l'iniziale irruenza, ma insistette: «Gli attentati, le violenze, l'intifada...».

Mahmoud lo riprese con insolita veemenza. «Non ti sei ancora reso conto che questi subiscono tribolazioni da almeno cinquemila anni?».

«D'accordo, Mahmoud. Nei secoli, qui ci sono passati un po' tutti... Crociati, Egizi, Mamelucchi, Ottomani. Ma, poi, sembrava che il generale Allenby avesse in mano la soluzione di ogni problema...».

«Ci vuole ben altro che questi personaggi presuntuosi con stellette e mostrine...».

Edward alzò le mani in segno di assenso. «L'orgoglio, però, è un pessimo consigliere». Non voleva entrare in contrasto, preferendo mantenere il discorso su toni meno polemici.

«Non esiste solo la fierezza, ma anche il sacrificio. Dovremmo prendere insegnamento dagli antichi. Come dimenticare i 960 Zeloti che piuttosto di consegnarsi ai romani preferirono il suicidio di massa?».

«Masada se non erro. Anche se...»

«Bravo, Ed, proprio Masada. Mi sembri piuttosto ferrato in materia» fece Mahmoud rubandogli la parola.

Edward sorrise un po' forzatamente. «Forse sei solo tu che mi stai trascinando» disse ancora Edward. «Il rischio di una disputa sussiste sempre. E Stati come la Siria, l'Iraq e la Giordania possono comunque sempre approfittare della continua diatriba tra palestinesi e israeliani che va avanti ormai da quarant'anni. Non trovi?». Non aveva intenzione di frenare gli entusiasmi dell'amico, ma temeva che Mahmoud avesse in mente di risolvere da solo la questione palestinese.

Mahmoud attese prima di rispondere. Si passò più volte la mano sul mento. Poi disse, fermamente: «Non trascuro l'eventualità già verificatasi in passato, ma è estremamente necessario trovare, in qualche modo e con qualsiasi mezzo, l'opportuna soluzione per pervenire a una coesistenza onorevole e duratura... anche a costo di continuare fino alla fine con la forza».

«Anche se non ci potrà essere amore, non sarebbe sufficiente una pace durevole che possa soddisfare i comuni interessi?». Edward era un benpensante per natura.

«E ti pare poco?».

Edward non ribatté.

La stanza rimase per qualche attimo immersa nel silenzio, rotto dal leggero sibilo dell'aria condizionata.

Edward, obiettivamente, considerò che le frustrazioni accumulate in oltre vent'anni di dominazione israeliana, l'odio nei confronti dei coloni installati nelle terre considerate proprie dai palestinesi e l'umiliazione di dover dipendere per il sostentamento da datori di lavoro ebrei, erano più che validi motivi per dissapori e furori difficili da contenere. Ma se poi si aggiungono quelli come Mahmoud che, oltre alla causa, hanno in serbo dei rancori e delle vendette personali, allora...

Un leggero colpo di tosse di Mahmoud interruppe i pensieri di Edward. «Come tu saprai, Edward» disse, «il fallimento delle diplomazie di mezzo mondo ha spianato la strada alla violenza: l'odio e l'incomprensione hanno scavato solchi profondissimi e i palestinesi in cerca di una Patria continuano a vivere come disperati... forse hai potuto rendertene conto di persona».

Edward annuì.

«E non si tratta di quattro gatti riottosi. Anche loro hanno diritto ad uno Stato».

Le parole di Mahmoud risuonarono nette, risolute. E chi poteva confutarle?

Poi Mahmoud si rilassò ed Edward ne approfittò. «Così, preso dall'impeto, ti sei messo a teorizzare su questo problema, caro Mod».

«No! Sbagli. Mi sono messo a disposizione della loro causa, il che è ben più importante».

«L'avevo compreso» affermò Edward. «Ma perché?».

«Perché anch'io voglio dare il contributo a chi soffre... così facendo, mi sembra di soffrire meno».

Senza volerlo era scivolato nel patetico.

«Non sono stati loro ad uccidere la tua donna?» fece Edward, ricordandogli quel tragico episodio che aveva appena rivissuto nel racconto di Mahmoud durante il pranzo. Ma temette per un istante in una sua dura reazione.

Mahmoud non si scompose. Nonostante la comparsa di improvvise rughe sulla fronte, mantenne equilibrio e moderazione. Si limitò a rispondere: «È una domanda che mi sono posto più di una volta, prima di accingermi a scegliere questa strada. Dopotutto, mi sono sempre detto, quando sei disperato ti viene voglia di sparare nel mucchio, senza accorgertene. Poi, però, mi sono anche reso conto che la mia non era sete di vendetta, ma di giustizia... e ben lontana da personalismi o da rivendicazioni private».

Si sistemò accuratamente gli occhiali con la mano.

«Comprendimi, Ed» proseguì a bassa voce, «avere la possibilità di dedicare ogni forza per qualcosa di grande, di immenso, da sempre irrisolto...». Poi Mahmoud alzò il capo verso il soffitto: «Poter contribuire a mantenere in piedi l'attività politico-militare di un'organizzazione che lotta per un popolo che ha radici profonde: un sogno da far divenire realtà! Allora, mi sono detto, perché non dedicare e profondere le residue energie per questo popolo senza terra e farlo risorgere come l'araba fenice?».

Pur non vedendolo, Mahmoud volse il capo in direzione di Edward. «Forse per te, nella tua posizione, caro Edward, diventa difficile comprendere quello che veramente provo».

Edward cercò in qualche modo di replicare. «Non mi sembra tuttavia una buona ragione» rispose, «il voler giustificare dei comportamenti che sfociano spesso in atti di inaudita violenza». Senza accorgersene, stava contestando una scelta ormai irrevocabile. Sarebbe stata fatica sprecata, la sua.

Infatti, Mahmoud fu pronto a controbattere. «E tu cosa avresti fatto se qualcuno ti avesse ridotto nelle condizioni di... un mezzo uomo?».

La battuta era terrificante.

Edward chinò il capo. Un brivido gelido s'insinuò lungo la schiena. Cercò, per quanto possibile, di immedesimarsi in quello che... restava dell'amico, vestendo per un attimo gli scomodi panni del vendicatore. Quello che lo lasciava ancora perplesso, fino a d assumere aspetti financo penosi, era che Mahmoud agiva convinto di essere nel giusto, pur combattendo fianco a fianco con chi gli aveva ucciso la persona cara.

«Tu amavi quella donna?» domandò d'un tratto Edward, liberandosi dell'idea che gli torturava la mente.

«Sì. Molto» rispose Mahmoud con voce assente. «E quando è stata uccisa portava in grembo mio figlio».

La poca luce e gli occhiali scuri mascheravano ogni possibile traccia di emozione.

Edward cercò di cambiare argomento, senza peraltro considerare l'esistenza di una forma più felice per proseguire il discorso.

«Insomma, hai proprio deciso di diventare un seguace di Maometto» argomentò.

«Tu sai che l'Islamismo si rivolge non solo agli arabi, bensì a tutti gli uomini, prescindendo dalla razza cui appartengono. E se ti riferisci al versetto del Corano, la mia non è certo una guerra di religione e neppure mi prostro ogni volta che sento il Muezzin...».

«Non pensi che il tuo operare possa diventare solo un desiderio di rivalsa e di vendetta? E per di più, un'assurda e vana vendetta se espressa in combutta con gli assassini...». Le parole erano uscite di bocca a Edward senza controllo.

«Ti prego, Ed, lascia stare» esclamò Mahmoud.

Edward cercò delle scuse, dicendogli che era dispiaciuto. Si sentiva un po' frastornato, ma forse stava solo pagando lo stress di quelle ore intense e allucinanti. «Non era certo mia intenzione ricordarti quei momenti» aggiunse. «Fammi almeno comprendere i motivi per cui mi trovo qui, in questo posto».

«Questo è un tuo pieno diritto, Edward. E mi risulta che te ne siano capitate di belle in questi ultimi giorni».

Adesso sembrava più rilassato. Colpita da un improvviso cono di luce la fronte alta e spaziosa di Mahmoud assunse l'aspetto di un granitico blocco di ematite.

Riprese Mahmoud: «Vedi, caro Edward, è una storia un po' complicata. Però è giusto che tu sappia tutto...».

«Ma tu» l'interruppe Edward, «in questa OLP cosa realmente rappresenti?». Era come mettere le mani sul fuoco ma, prima o poi, una domanda del genere Mahmoud se la sarebbe dovuta aspettare.

«Sono il responsabile del settore nord-est» precisò Mahmoud. «Ma il problema è un altro» riprese senza dare ad Edward il tempo per riflettere, «come saprai, per ogni azione occorre avere notevoli finanziamenti, molti uomini e mezzi, insomma, bisogna possedere enormi disponibilità».

«Tu mi sembri però il tipo adatto» replicò pronto Edward, anche se in lui c'era ancora incredulità sul romantico idealista divenuto uno dei capi della lotta palestinese. Nello stesso tempo, rammentò l'episodio, mai obliato, durante il quale Mahmoud gli aveva salvato la vita, fischiettando il tema di una sua composizione. In quel contesto, sembrava invece una visione appartenente più a un mondo passato che presente: un'impronta indelebile fra due esseri confusi e travolti da incantesimi misteriosi.

Mahmoud, dopo una studiata pausa, riprese la parola: «Quello che mi circonda e che tu puoi vedere» disse, «è solo una patina opulenta e sfarzosa, ma per la causa occorre ben altro».

«Ti confesso che faccio fatica a seguirti» fece Edward candidamente. Dov'era il punto di arrivo e soprattutto, ora, cosa si aspettava da lui?

Mahmoud si mosse sulla poltrona, cercando una posizione più comoda e meno imbarazzante. Poi disse: «Ed, tu, adesso, sei rimasto l'unico, vero amico. Di te mi posso fidare come di nessun altro, più ancora di me stesso. Non è forse così?».

Alle orecchie di Edward la domanda aveva la parvenza di una supplica e di una conferma da parte sua. Conferma, quest'ultima, che tuttavia tardava un po' ad arrivare. «Deh, naturalmente, ci mancherebbe» assentì Edward, senza troppa convinzione. Sforzandosi di trovare le giuste attenuanti al personaggio, pur tenendo presente le terribili condizioni in cui era stato ridotto. Il sottile gioco psicologico degli eventi e il destino che li aveva ricongiunti sembrava, nello stesso tempo, voler allontanare l'alone di schietta e profonda amicizia che da sempre albergava nel loro animo. «Nei tuoi confronti, Moud, è ancora sempre aperto un debito di riconoscenza...».

«Non era proprio quanto mi aspettavo» replicò Mahmoud con leggero disappunto. «Non ti ho fatto venire fin qui per sentire i tuoi ringraziamenti per un debito già estinto. Io, adesso, ho bisogno del tuo aiuto, Edward» aggiunse accorato. «Di un aiuto di ben altro genere».

Le parole di Mahmoud risuonarono a lungo nella stanza, portando sino al soffitto l'eco di trepide attese e speranzose invocazioni di soccorso. Mahmoud si passò la mano sul viso con gesto un po' teatrale.

Nella penombra, la sua figura assumeva parvenze confuse e spettrali, che ricordarono ad Edward le maschere della tradizionale festa di Hallowen nel suo Paese. Però la sensibilità di Edward non aveva bisogno di ulteriori sollecitazioni e la sua coscienza trovò immediato conforto in un'antica massima egiziana del Vizir Ptahotep. Il recitarla mentalmente, lo aiutò a prendere una decisione: "*Se cerchi di creare uno stato di amicizia con qualcuno, non porre domande, ma poniti accanto a lui, da solo. Prova il tuo cuore attraverso il suo parlare. Se egli non dà alcuna considerazione alle tue preoccupazioni, poni una particolare attenzione nelle tue risposte.*"

«Parla, Moud» disse allora Edward.

XI.

Mahmoud parlò a lungo, con argomenti e trame atte a giustificare l'imprescindibilità di una scelta obbligata. E del perché aveva abbracciato quel Movimento, del quale illustrò il compendio storico come e meglio di un componente etnico che vive nelle fatiscenti case di Dahaishe e di Hebron.

Il suo tono di voce, affascinante come sempre, celava un velo di tristezza, ma denotava fierezza e ferma volontà di lottare per quella causa, quasi lui stesso discendesse da una famiglia di profughi dei territori occupati.

Edward lo ascoltò con attenzione e senza perdere una sola parola del monologo. Il problema, semmai, si sarebbe presentato al momento di dire la sua: in lui non sentiva ancora pulsare l'animo del rivoluzionario.

D'un tratto, Mahmoud tacque, come si fosse reso conto di essere andato troppo in profondità nella descrizione del suo progetto. Con la mano sinistra ravviò i capelli dalla fronte alla nuca come un arabo si sfila la kefiah dal capo.

«Avrai certamente sentito parlare di Qumran» riprese Mahmoud. «Intendo il luogo… le "grotte" dove sono stati trovati i Rotoli del Mar Morto».

Edward rispose di aver letto qualcosa in proposito a quei ritrovamenti avvenuti alla fine degli anni Quaranta, però rammentava vagamente qualche nozione sull'esistenza delle famose "grotte". Rimase comunque perplesso di fronte a quella asserzione e, soprattutto, sul nesso logico tra quei reperti archeologici e la sua presenza nella dimora dell'amico.

«Caro Ed» aggiunse Mahmoud senza dargli altro tempo per riflettere, «il motivo della mia richiesta di aiuto ha, come posso dire, anche un aspetto filantropico... un po' sui generis».

«Dovresti spiegarti meglio» disse timidamente Edward. La precedente esposizione storico-sociologica aveva lasciato non pochi segni di preoccupazione sul suo volto. «In verità, ti devo confessare che fatico a seguirti».

«È nel tuo pieno diritto fare obiezioni od avere perplessità» disse Mahmoud. «Perché, vedi, Edward, il vero protagonista di questa vicenda... dovrai essere tu!»

Edward rimase senza fiato, mentre una luce sembrò improvvisamente brillare illuminando il viso di Mahmoud che svelò inauditi tratti satanici.

«Protagonista della vicenda? Io... dovrei...» fece Edward sbalordito.

«Come certamente saprai» ripropose calmo Mahmoud, alzando la mano diafana, «nelle grotte finora scoperte sono state trovate delle giare contenenti dei manoscritti in pergamena e dei papiri di enorme importanza storico-religioso, che hanno interessato studiosi di tutto il mondo. Si ritiene che questi reperti siano appartenuti agli Esseni, una comunità vissuta duemila anni fa, che si dedicava alla preghiera, allo studio e ai lavori agricoli».

Mahmoud prese fiato un attimo.

In sottofondo, lo sfregare nervoso della mano di Edward sulla barba ispida di duc giorni denotava crescenti perplessità e fondati dubbi sulla faccenda. Si preparò a domandargli *perché* doveva essere proprio lui il predestinato alla missione, quando l'uomo di Gerico gli rubò il tempo e disse: «Ho ragione di ritenere che, il quel luogo, le grotte esistenti siano almeno una trentina, mentre, finora, ne sono state scoperte solamente undici».

«Cosicché, tu pensi che il mistero non sia ancora stato svelato del tutto?».

«Anzi, ho la fondata certezza che qualcosa di definitivo a tal proposito non sia stato ancora detto».

«A proposito di che cosa?».

«Di quanto ancora è celato in quelle montagne. Non dimenticare» aggiunse Mahmoud con convinzione, «che le grotte di Qumran si trovano pur sempre in una parte di mondo dove da decenni ormai il "clima" è tutt'altro che invitante. I rischi sono troppo alti anche per le spedizioni scientifiche più ardite».

In quel momento, entrò in scena il fido Hàmed con un grosso bricco di caffè al cardamomo, che servì fumante in finissime coppette di porcellana.

I due degustarono la bevanda in silenzio, mentre Edward sentì impellente, quanto inaspettato, il desiderio di fumarsi una sigaretta, e proprio lui che non era fumatore. Rammentò anche che aveva avuto la stessa, strana sensazione quando si era trovato a bordo di un aereo durante un atterraggio di emergenza a Mexico City, a causa di un carrello difettoso. Allora, se l'era tolta con una grande paura e qualche leggera contusione. Adesso, invece...

Rimasti nuovamente soli, Mahmoud riprese: «Come ti dicevo, l'ultima grotta scoperta risale all'anno 1956. Quella denominata cronologicamente come Grotta 11Q, che, per importanza di reperti, è considerata seconda solo alla Grotta 4Q detta "Grotta della pernice". È proprio in questa grotta che vennero alla luce i reperti più ricchi e la maggior parte dei manoscritti che si trovano ora al Museo del Libro di Gerusalemme».

«Molto interessante. Però, dopo così tanto tempo, ritieni esista ancora... qualche pezzo di antiquariato?».

La domanda, così come formulata, poteva apparire alquanto impertinente, ma Mahmoud non si scompose e continuò la sua esposizione. «Forse sarai pure a conoscenza che, tra le rovine degli edifici utilizzati dagli Esseni e legati in modo organico alle grotte dei Rotoli, vennero scoperte preziose ceramiche e centinaia di monete del Regno di Erode il Grande».

«Monete? Non comprendo» fece distrattamente Edward con ancora la mente immersa nei manoscritti.

«Proprio monete ed il fatto inconsueto è che, invece, nelle grotte adiacenti non fu trovata alcuna di queste monete».

Edward allargò le braccia. «E con questo?».

«E con questo, caro Ed, vuol dire che le monete si *devono* trovare ancora là, da qualche parte... magari in una grotta sconosciuta. Forse si trovano nella dodicesima grotta di Qumran, ovvero, nella fantomatica Grotta Q12!».

La deduzione pareva logica, ma non convinse del tutto Edward, che ribatté: «Stupefacente. Ma questo lo dici solo tu, caro Moud».

«No. Questo *lo so* solo io, caro Ed».

Le labbra di Mahmoud si schiusero in un sorrisetto diabolico. Edward cercò allora di individuare il vero obiettivo finale del suo interlocutore. «E così» gli domandò, «tutto il tuo fantapolitico discorso mirava solamente al tesoro di questi... Esseni?».

«Non vorrei che tu avessi interpretato male il mio pensiero».

«E allora?».

Mahmoud gli sorrise. «Se per te è stato pesante seguire il mio discorso, figurati per me cercare di farmi comprendere» disse.

La sua voce era permeata di umiltà, lontana parente di quella enfatica di prima. Si tolse dal lieve stato di imbarazzo spostando il busto sulla poltrona e tastando con la mano il piano del tavolo, fino a raggiungere un bicchiere pieno d'acqua. Bevve avidamente un sorso e alzò per l'ennesima volta il capo, come a volersi concentrare sul soffitto a cupola del salotto. Quando ritornò nella posizione originaria, il suo volto pareva trasfigurato. Poi, con studiate mosse, riprese: «In fondo, ogni azione della vita non è altro che un atto della eterna lotta tra i Figli della Luce e i Figli delle Tenebre».

E Mahmoud espose il concetto con voce sicura, anche se un po' impersonale, cosicché Edward si sentì preso in contropiede. Non ci capiva di nuovo nulla. «Figli della Luce?» domandò stranito.

«Così parlavano gli Esseni».

«Ah, già. Gli Esseni».

Mahmoud disse: «Secondo le regole della Comunità Essena, la vita è tutto un lottare contro un nemico astratto, e le Regole della Comunità sono uno dei più antichi testi scoperti nelle grotte di Qumran».

«Interessante...» fece Edward. Ma stentava ancora a trovare il nesso con il resto del discorso.

Allora, proseguì Mahmoud: «È un aspetto fondamentale di questa Comunità la lotta contro nemici invisibili e, di qui, la grande importanza data dagli Esseni alle "agapi fraterne"». Si fermò un istante, passandosi una mano sulla fronte con gesto stanco. «Hai mai sentito parlare del Documento di Damasco?» domandò poi ad Edward.

Il suo silenzio fu la risposta più eloquente.

Mahmoud riprese nuovamente: «E quindi, non conosci neppure una setta ebraica costretta a fuggire dalla Giudea per riparare nella regione di Damasco in attesa del "gran giorno"?».

«Confesso la mia ignoranza» rispose Edward, e si domandò perché Mahmoud si ostinava ad esporgli simili argomenti. Distese le gambe indolenzite e rimase in attesa degli eventi.

Senza tradire la minima impazienza, Mahmoud continuò a tessere la sua tela. Disse: «Orbene, il Documento di Damasco tratta di incartamenti fatti risalire al X° secolo dopo Cristo e provenienti dal Ghenizah della Sinagoga di Ezra, situata nella parte vecchia del Cairo. Qualcuno pensò che anch'essi potessero risalire agli Esseni di Qumran, anche se non se ne trovò traccia nelle grotte scoperte e nonostante siano generalmente considerati facenti parte della letteratura giuridica di questa Comunità».

«Pare che, nonostante tutte le sensazionali scoperte, ci siano degli strani enigmi attorno a queste famose grotte» considerò Edward ad alta voce.

«Sicuro. Hai perfettamente colto nel segno, Ed» affermò Mahmoud. «Tuttavia, ritornando al contenuto di questo documento, anche i Figli della Luce non si possono sottrarre al combattimento, al peccato ed ai flagelli delle tenebre. I due spiriti che albergano nell'uomo non hanno alternative: è impossibile sfuggire a questa disputa e allora verrà il momento in cui si vedranno cadere i Kittim, gli abitanti dell'antica isola di Cipro».

Senza accorgersene, Mahmoud aveva ripreso il tono enfatico e professorale nel trattare argomenti che, evidentemente, conosceva assai bene. Nella penombra, pareva un simulacro parlante.

«Gli appartenenti a questa Comunità,» continuò Mahmoud, «attraverso il lavoro, lo studio e la preghiera, avevano come scopo finale il trionfo del bene sul male e la eliminazione dei cattivi. Erano loro il "vero" Israele nel deserto, in marcia verso la Terra Promessa».

«Già...l 'eliminazione dei cattivi...» gli venne dietro Edward.

«Sì, la sconfitta di Belial, il Signore delle Tenebre».

Mahmoud si alzò in piedi, con l'intenzione di sgranchirsi le gambe, pensò Edward, invece si mise a declamare con voce tonante: *«Come una giovenca testarda è divenuto testardo Israele; allorché apparve l'uomo dell'arroganza che fece versare in Israele acque di menzogna, lo fece errare in un deserto senza strade, abbassando le le altezze eterne, e deviare dai sentieri della giustizia spostando il confine posto dagli antenati nella loro eredità. E così attirò su di loro le maledizioni del suo fatto consegnandoli alla spada esecutrice della vendetta... e al compimento del tempo previsto, ognuno se ne starà al suo posto di vedetta. La muraglia è stata eretta, ma la frontiera è stata portata lontano»*.

Poi tacque, mentre un filo di sudore gli imperlava la fronte.

Oltre a stupire, Edward provava ammirazione per la forza e la convinzione profusa da quel "Profeta" nel solennizzare le sue esortazioni. Nel contempo, si pose per l'ennesima volta la domanda sul perché Mahmoud non perdeva occasione per porsi su quel tipo di podio. Quale poteva essere, in sostanza, il suo recondito fine, quando, di punto in bianco, si metteva a declamare quei passi così solenni e profondi?

«Gli empi sfoderano la spada» proseguì imperterrito Mahmoud. *«Tendono il loro arco per abbattere l'umile e il povero, per scannare coloro che percorrono un retto sentiero. La loro spada penetrerà nei loro cuori e i loro archi saranno spezzati»*. Poi, con voce più impetuosa, tuonò: *«Sono carri da guerra che rimbalzano e destrieri che si impennano, fiammeggia e lampeggia la lancia, una moltitudine massacrata, un ammasso di morti. Cadaveri senza fine e si inciampa sui loro corpi»*.

Poi sedette, con il viso che sembrava apparentemente rilassato.

Ad Edward toccava ora di interpretare il significato di quanto aveva udito e, per quale motivo, Mahmoud aveva tirato in ballo, in un crescente excursus da seguace dell'Intifada, vendette e anatemi usando come armi improprie non sassi e bastoni, ma testi sacri, insegnamenti, esortazioni, minacce e castighi divini. Quando, molti anni addietro, aveva conosciuto quel giovane brillante dallo sguardo fermo e deciso mai più avrebbe pensato di doverlo ritrovare un giorno così diverso e così astioso. Sotto la dura scorza di facciata si celava dunque un improvvisato cantore di sconquassate gesta, di sconcertanti vendette e di demoniache premonizioni?

Erano passati alcuni minuti, durante i quali un silenzio profondo era sceso sulle loro teste, come tenebre in una caverna imboccata d'improvviso.

Mahmoud ora pareva una statua scolpita nel nulla, un "reperto" anch'egli perso nella notte dei tempi, un "graffito" murale nascosto in un angolo in attesa di un immaginifico rivelatore.

Secondo Edward, comunque, sussistevano ancora molti presupposti di inattendibilità in quelle parole e profondi dubbi nell'accettare il lui l'estemporaneo difensore di una causa così grande e complessa. Con ciò, ritenne giunto il momento di rivolgergli una domanda che da tempo teneva in serbo. Disse dunque Edward: «In sostanza, cosa ti aspetti da me?». A quel punto, qualunque risposta non lo poteva più sorprendere.

Mahmoud rispose subito: «Una cosa molto semplice. Poiché tu sei il mio miglior amico, l'unico di cui mi possa completamente fidare, ti chiedo solamente di prendere il tesoro che si trova nella dodicesima grotta di Qumran».

«Ahhr...» le corde vocali di Edward non riuscirono ad emettere altro suono. Quando il fiato gli tornò a galla, si fece forza e gli domandò: «Uhm... ma cosa ti dà la certezza che io accetti una simile proposta?».

«L'amicizia» disse Mahmoud. «Solo la stima reciproca che ci lega: sembrano motivi più che sufficienti, non trovi?».

«Sì, è vero...ma...».

«Non dicevi che, pur di saldare i tuo debito, avresti accettato di fare qualsiasi cosa per me?».

Le sue parole in quel momento sapevano più di preghiera che di ricatto. Ma da buon psicologo, Mahmoud si premurò di portare ragioni alla sua richiesta per renderla più fattibile e meno impositiva. Disse ancora: «Ed, hai visto come mi hanno ridotto. Solamente tu, adesso, puoi aiutarmi a dare ancora uno scopo alla mia esistenza».

Edward vagò con lo sguardo nel buio, cercando di non soffermarsi sulla sagoma immobile davanti a lui che ricordava la scultura lignea di un nobile guerriero. Poi rispose: «Quale recondito motivo, al di là dell'amicizia, ti fa pensare che io sia l'uomo giusto?».

Le parole colsero di sorpresa Mahmoud. Per la prima volta, sembrò titubare. Ma si riprese subito. «Veramente» disse, «l'idea me l'hai data proprio tu, quando ho saputo del tuo intendimento di venire in questo Paese. Perché un turista con tanto di macchina fotografica, aria svagata e incuriosita non dà certamente nell'occhio e tu, caro Ed, sei il prototipo del perfetto turista!».

«Ma non c'è anche il tuo... il tuo fido Hàmed?».

«Hai provato ad immaginare il buon Hàmed nella veste di turista?». Questa volta sorrise divertito sotto gli occhialoni scuri. «Il Servizio segreto Israeliano sorveglia tutto e tutti, e non è facile fargliela sotto il naso, credimi. Purtroppo, se fai qualche errore...».

Edward sentì nuovamente gelidi sudori corrergli lungo la schiena. «Ora comincio a rendermi conto di quanto mi è accaduto» fece toccandosi il bozzo ancora ben percettibile sulla nuca. «Ma perché, poi, hai dovuto mettere in onda tutta quella messinscena per condurmi fin qui?».

«Precauzioni, caro Ed, precauzioni».

«Perché, secondo te, uno che indossa i panni del turista, si reca al Muro del Pianto in piena notte a curiosare fra le pietre millenarie e poi, appena spunta l'alba, si mette a contare dei sassi sulle tombe di un cimitero ebraico è da considerarsi del tutto normale?».

«Sotto quest'aspetto, forse, non sei sulla strada sbagliata. Però, in qualche modo, mi dovevo cautelare nei tuoi confronti, anche se, contemporaneamente, sarebbe stato utile farti toccare con mano come in realtà vivono questi poveretti».

«Ottimo lavoro, Moud. A quanto pare, non hai trascurato i particolari. Con ciò, però, che parte ha avuto il morto nella recita dello Jewish?».

Mahmoud non perse la proverbiale calma. Una sottile, crudele smorfia di compiacimento apparve sul suo viso. «Avresti forse preferito esserci tu al suo posto?» rispose seccamente.

«E va bene, hai vinto tu, Moud» disse Edward, violentando il suo spirito sornione. «Ma sei proprio così sicuro che il tesoro esista?».

«Non ti chiederei un simile sacrificio se non avessi la certezza della riuscita».

«E con chi dovrei tentare questo rendez-vous?» domandò rassegnato Edward.

»Con... nessuno» disse Mahmoud lapidario.

«Come sarebbe a dire?».

«Semplice, dovrai agire da solo». E Mahmoud non gli diede tempo di fare commenti, perché aggiunse subito dopo: «Hàmed ti doterà dell'occorrente». Poi, premette il pulsante di una specie di walkie-talkie che gli spuntava dal taschino della giacca e parlottò al microfono.

Edward non ebbe tempo di aggiungere altre considerazioni, che da una porticina laterale sbucò l'uomo col fez. Hàmed aveva con sé una macchina fotografica e una sahariana, e teneva per la falda un vistoso cappello di lino. Rivolse un inchino al suo padrone, sorrise ad Edward e posò il tutto sul tavolo. Si voltò e uscì da dov'era venuto.

«Ti accompagneremo noi nei pressi di Qumran, al tramonto» disse Mahmoud. «Tu non dovrai fare altro che seguire le indicazioni che ti fornirò al momento opportuno. Dovrai però fare molta attenzione e, senza farti notare, all'imbrunire, quando guardiani e turisti se ne saranno andati, comincerai ad agire». Posò risoluta la mano sul tavolo, come a rassicurarlo. «Gli ulteriori dettagli ti verranno comunicati in macchina, durante il viaggio verso le grotte».

Edward avrebbe voluto porre almeno una mezza dozzina di domande, ma neppure lui, in quel momento, sapeva da dove cominciare. Azzardò solo un'istanza. «Perché dovrò agire proprio al tramonto?» chiese.

«Molto semplicemente perché...» rispose serafico il suo datore, «perché... nel tardo pomeriggio, da quel posto, si godono stupendi effetti di luce!».

E si lasciò andare in una risata che gelò le vene allo stupefatto Edward. Al quale venne da pensare che forse Mahmoud fosse diventato pazzo.

«Posso chiederti ancora una cosa» domandò Edward con un filo di voce, «fra quanto tempo dovrei eseguire questa passeggiata… lunare?».

«Ma subito! Questo stesso pomeriggio, caro Edward» rispose Mahmoud, senza minimamente scomporsi.

XII.

«Un'anfora con le monete d'oro di Erode!». Le poche parole rimbalzavano nella mente di Edward come onde che s'infrangono sugli scogli. Sullo sfondo, proprio davanti ai suoi occhi, le mute e ascose rovine di Khirbat al-Mafiar, il palazzo degli Ommiadi distrutto dal terremoto durante la costruzione, non furono di consolazione per il suo morale piuttosto scosso.

Nella gradevole frescura dell'abitacolo dell'auto, Edward tentò di raccogliere e mettere insieme, ricercando fattori reali e senso logico, le tessere di un mosaico che potessero aiutarlo a scoprire i risvolti dell'incredibile avventura che stava vivendo. Pensò ad Annabelle, ma, soprattutto, a quei suoi agognati "istanti di relax" andati a farsi benedire da quando aveva messo piede fuori dall'Hilton. Provò persino nostalgia per le cose semplici e lineari di tutti i giorni, persino per il quieto muoversi delle lancette nel tempo, ora per ora. E pensare che proprio quell'ultima parte del viaggio doveva essere un'oasi serena da inserire nel lungo giro turistico-culturale del Medio Oriente, E pensare che l'idea di quella variante era addirittura partita da lui... Adesso, però, tutto sembrava così assurdo e incredibile. Mentre Mahmoud era lì, accanto a lui, in carne e ossa anche se conciato a quel modo. Pur non condividendone l'idea, poteva forse rifiutare aiuto a chi non gli aveva mai lesinato affetto e dedizione come si fosse trattato di un vero fratello? Ma il solo pensiero che "quel tesoro" sarebbe servito a foraggiare attentati terroristici gli provocava un senso di disagio e si sentiva sempre più oppresso da angosciose sensazioni. Visioni mostruose che cercava vanamente di affondare in un mare di incredulità e che, invece, tornavano a galla ancor più fastidiose e opprimenti.

Dal finestrino della Mercedes, Edward seguì con sguardo assente il tratto di strada in mezzo alle avvampanti dune desertiche. L'auto viaggiava a una discreta velocità sulla superstrada che, in linea retta, correva attraverso gli avvallamenti ai limiti della brughiera, tra una moltitudine di colline brulle e ondulate. Un paesaggio punteggiato di alberi d'alto fusto dai rami spogli e secchi come disposti dalla natura al solo scopo di movimentare le enormi distese giallo-biondo di granturco e segala.

Superato un tratto di folta vegetazione, che preludeva alle sponde del Giordano, l'auto diresse decisamente verso sud e, oltrepassata la strada che da Gerusalemme porta ad Amman, voltò alla prima biforcazione in direzione del Mar Morto. Anche qui, il paesaggio mutava di continuo, come una sequenza di diapositive in rapida successione. Le dune desertiche estese e spoglie al riverbero del sole si confondevano nel cielo dorato e formavano una coltre brumosa, oltre l'orizzonte. Dopo un breve rallentamento, la Mercedes riprese velocità ed imboccò la strada scoscesa che conduce a Qumran. Percorso un lungo tratto a forma di semicerchio, l'auto svoltò in una stradina secondaria, sollevando nuvole di polvere rossastra e concluse la corsa poco distante dall'ingresso alle rovine del Tempio degli Esseni.

Mahmoud finì di dettare le istruzioni ed Edward ebbe la sensazione di identificarsi nelle sembianze di un estemporaneo soldato prescelto per una missione pericolosa che ascolta le ultime raccomandazioni del suo comandante.

Edward si trovò con i piedi a terra più pensoso e accigliato di quando era partito. Aveva il capo protetto da un cappellaccio grande come un sombrero, Teneva la sahariana sottobraccio e un borsone da viaggio a tracolla. L'abbigliamento era completato dalla Canon, datagli da Mahmoud, appesa al collo e bene in vista. E così conciato, per chissà quale strano motivo, si rammentò tutto d'un tratto delle parole che fungevano da motto e da stimolo a Biglia Nash, l'amenissimo e irascibile ufficiale, protagonista del romanzo *Alla larga dal mare* di Brinkley: "Pensa in grande!". Ecco cosa avrebbe dovuto cogitare anche lui in quell'occasione, anziché lasciarsi fagocitare da dubbi e paure. Invece, tutte le buone intenzioni svanirono nel sorriso di compassione verso se stesso, mentre supposizioni e congetture nefaste prendevano nuovamente il sopravvento.

Si voltò per cercare almeno conforto nella presenza dell'amico, ma l'auto era ormai lontana. Era dunque rimasto solo in un luogo che si trovava a… oltre quattrocento metri sotto il livello del mare. Nella veste di ultra quarant'enne non gli era mai capitato di scendere così in basso!

XIII.

Il cielo azzurro senza una nuvola faceva un tutt'uno col salatissimo Dead Sea. Una larga fetta verdastra, lussureggiante e intensa, divideva l'enorme pozzanghera del Mar Morto dal terreno color marrone-biancastro delle Khirbet Qumran, le rovine di Qumran. Erano estese a terrazzo e situate proprio di fronte alle brulle ed erose rocce a forma di zampa di elefante dove erano collocate le grotte. Sulla cui cima si scorgevano i tratteggi dei piccoli anfratti quasi sempre senza luce.

Camminando sul terreno rossiccio e pietroso, Edward cercò di esprimere al meglio la disinvolta figura del turista curioso e affascinato dallo spettacolo selvaggio e maestoso di quei picchi cavernosi. In cuor suo, invece, c'era un crescente senso di titubanza sul possibile esito di quell'avventura alla "007".

Il sole stava rapidamente calando e accarezzava dolcemente il profilo ondulato delle cime tutt'intorno. La scenografia che circondava il terrazzo e quanto restava dell'insediamento Essenico era incomparabile. Stupendi effetti di luce illuminavano un paesaggio che abbracciava l'intera costa del Mar Morto e dei monti di Moab.

Mahmoud era stato pienamente nel giusto.

Affascinato, Edward considerò e constatò con piacere che la descrizione collimava alla perfezione con uno spettacolo di luci e di colori mai visto prima. Rimase ancora qualche attimo in attesa e poi, gironzolando e scattando fotografie a caso, si defilò dalla vista dei pochi turisti presenti nei pressi e si riparò dietro un tratto di muraglia alta un paio di metri. Dal suo nascondiglio, si sarebbe mosso solo quando fosse stato certo di essere l'unico rimasto in quel luogo.

Quando il lieve brusìo si era ormai perso da tempo lungo i viottoli che conducevano all'uscita ed il venticello caldo si era portato via anche ogni più piccolo rumore, Edward uscì dalla sua postazione e si trovò immerso nel silenzio monastico delle rovine ancora infuocate dal sole. Si mosse cautamente, sfruttando gli angoli bui e misteriosi inseriti tra le rovine. Al suo transitare, il riverbero della poca luce rimasta formava strani giochi di chiaro-scuro. Sempre attenendosi alle istruzioni, piegò a sinistra, compiendo un ampio giro attorno ai ruderi: remota testimonianza del centro vitale della Comunità Essena. In fondo a un breve tratto di corridoio, ricavato tra due ali di pietra, scorse quanto restava di una massiccia costruzione a forma rettangolare che ricordava la sala dove si riuniva la collettività. Accostandosi al muro della rossiccia torre, che serviva agli Esseni da magazzino provviste, Edward costeggiò poi furtivo il periplo delle due cisterne adibite a contenitori dell'acqua e portò la sua figura nerastra a scivolare sulle pietre che delimitavano il locale utilizzato come cucina comune. Si fermò per qualche istante a rifiatare. Era rimasto così solitario in quei paraggi che quando urtava con i piedi un sasso si udivano lunghe vibrazioni percuotere l'aria fino in fondo alla valle.

Lo stato di tensione stava salendo ed Edward se ne rese conto perché, dall'ansia, si slacciò il colletto della camicia, mentre le falde grigiastre delle rupi davanti a lui sembravano attendere con curiosità le sue mosse future. Ripassò per l'ennesima volta i compiti da svolgere, ad evitare di incorrere in errori di percorso, conscio che non avrebbe potuto contare su alcun diritto di replica. L'esecuzione doveva essere unica e irripetibile. Pensò, comunque, che quando avesse nuovamente rivisto Mahmoud non si sarebbe scordato di complimentarsi per l'incantevole scenografia di quel luogo e per ogni dettaglio fornitogli, che vedeva confermarsi mano a mano che procedeva nell'impresa.

Un silenzio impressionante accompagnava il cielo aranciato che gradatamente andava colorandosi di una cappa purpurea per poi diventare bluastra e cupa.

Dopo una breve sosta, come un automa comandato a distanza, Edward riprese il cammino. Dapprima, con passi cauti e leggeri poi, con incedere più sicuro, con la maestria e l'agilità di uno stambecco. Il copricapo e la vistosa macchina fotografica erano spariti nel borsone che pendeva al suo fianco. Aveva calzato un paio di guanti in pelle scamosciata che, data la stagione, gli dava uno strano tocco di eccentricità. Sotto il giaccone, allacciato alla vita, si intravvedeva una spessa fascia di cuoio che fungeva da cintura di sicurezza e dalla quale spuntava un rotolo di sottile ma resistentissimo cavo di acciaio.

Sotto lo sguardo disinteressato della luna, che stava facendo capolino, Edward appariva come un granello di sabbia in mezzo al deserto. Un'entità che si muoveva senza spazi, in preda a un magnetismo imperante: una creatura mitologica pronta per un'iniziazione cosmica.

In lontananza, le calme acque del Mar Morto brillavano di luce riflessa, tratteggiando tremule fiammelle in attesa di essere ravvivate da un provvidenziale alito di vento.

XIV.

«Figli della Luce, Figli delle Tenebre...». Parole che risuonavano nella mente di Edward come un presago messaggio di un misterioso Ade che Mahmoud aveva più volte evocato. Anche se una fonte di verità e di raziocinio nelle parole dell'amico doveva sicuramente esistere, perché, arrivato nel luogo stabilito per l'insolita operazione di "Provvista fondi", Edward aveva effettivamente trovato la luce... nonostante fossero poi subito calate le tenebre a stendere un velo ombrato sul terrapieno.

Indossati i panni del disincantato turista, Edward stava per dar corpo, come "solista", al pazzesco piano di un israeliano dal sangue arabo, venduto al braccio armato palestinese, sull'onda di enfatizzanti proclami vetero-messianici. Ma solo vedendosi così, Edward riusciva a collocarsi entro spazi logici e credibili per quanto si accingeva a compiere.

L'aria era tiepida e profumava come un campo di frumento appena trebbiato. Lassù, in alto, la luna acquistava splendore di momento in momento.

Edward si avviò lungo il canalone che lo separava dalle grotte, sorridendo fra sé delle sue ansie e delle sue paure.

E diede inizio alla sua azione.

Era passata una mezzora circa da quando Edward si era messo al lavoro.

Il sottile cavo di acciaio fornitogli dallo zelante Hàmed brillava sotto la luna come la scìa di una cometa. Edward si fermò per assicurarsi che la fenditura entro cui doveva scorrere il cavo fosse ben aperta, poi prese a scendere lungo i ripidi fianchi del promontorio. Il profondo silenzio era rotto dai lugubri versi degli uccelli notturni, che parevano preannunciare i pericoli cui sarebbe andato incontro appena fosse giunto sullo scacchiere roccioso. Anche se non aveva dimestichezza con quel tipo di arnesi, incredibilmente, ogni mossa gli riusciva facile e consueta.

In breve, si trovò nella conca e diede inizio all'arrampicata sul costone roccioso opposto, utilizzando la fune di acciaio da carrucola e proseguendo spedito nel cammino come seguisse un'immaginaria traccia luminosa sulla montagna. Deviando leggermente sulla sua sinistra, dopo qualche decina di metri si trovò sotto il ristretto sperone di placca montagnosa descritto da Mahmoud. Senza interrompere il ritmo, continuò l'ascesa, con la destrezza del più esperto degli alpinisti, rallentando la scalata solo per far riposare le braccia non abituate a quella particolare ginnastica. La corda d'acciaio, con una speciale sezione a forma di dente di sega, aderiva alla superficie sedimentata con la semplice pressione del corpo e restava appiccicata alla parete come fosse incollata. Zigzagando e sobbalzando per trovare il giusto punto di appoggio, a Edward pareva di volare agile e leggero al pari di un fringuello che si libra nell'aria. Dopo alcuni minuti, poggiò le mani inguantate e un po' contratte nei pressi di una discreta apertura sul fianco della montagna. Con un ultimo, leggero balzo approdò sul bordo di una delle grotte, la famosa "Grotta della pernice", denominata Grotta 4Q. Da qui, secondo le indicazioni di Mahmoud, sarebbe dovuta iniziare la seconda parte del piano.

Non appena messo piede sul terreno, Edward tastò con le dita nude il tratto di parete su cui poggiava, che rientrava di qualche metro nella "Grotta della pernice", auscultando più volte la roccia come fa un medico con il torace di un paziente. Il suono fesso del muro gli rivelò l'esatto punto da colpire. Dal borsone, spuntò allora un piccolo martello pneumatico a batteria e, con quello, prese a percuotere la pietra che si disgregò rapidamente, lasciando scoperta una nuova apertura di cui riuscì a percepire l'ampiezza con un movimento esplorativo del braccio. A quel punto, Edward rizzò il busto, indietreggiando di qualche spanna e respirò un po' d'aria, riprendendo fiato e forze. Si sentiva stranamente euforico, ma evitò accuratamente di guardare di sotto, rammentando improvvisamente che soffriva di vertigini. Poi si chinò nuovamente ed entrò nell'angusta apertura della nuova grotta, accese la torcia della "dotazione El Kabir" e con cautela s'infilò nel piccolo antro.

Si mosse sicuro, come se alle sue spalle ci fosse un invisibile suggeritore e...lo spirito di Mahmoud ad indicargli movimenti e gesti da compiere. Percorsi alcuni metri dello stretto budello, si fermò di botto e rivolse la sua attenzione a un tratto di parete dalla superficie levigata. Al giallastro chiarore della lampada, la scura roccia assumeva il colore purpureo di un fuoco all'interno di un caminetto. Lentamente, fece scorrere lungo i lati della parete la scia luminosa della lampada e scoprì la lastra pietrosa descrittagli da Mahmoud. Seppur ridotta nelle dimensioni, la lastra aveva la forma di una vasca per i bagni usata dagli antichi per le purificazioni rituali. Sulla vasca c'era una figura percorsa longitudinalmente da una lancia da guerra, che collimava alla perfezione con i fantasiosi riferimenti dell'amico quando parlava di "lotta" e di "vendetta". Mano a mano che il tempo passava, l'angolo inferiore estremo della pietra, alla luce della lampada, assumeva il colore dell'anemone. Nelle scalfitture della pietra Edward individuò le figure di Mebagger e di Paqid, i Sacerdoti figli di Sadoc e Aronne che guidavano e comandavano la setta Essena. Si chinò fin quasi a toccare terra ed attenendosi con scrupolo alle istruzioni, fece scorrere la punta dell'indice sulla superficie rocciosa solcata dai misteriosi segni. Come d'incanto, con un impercettibile quanto sinistro cigolio la grossa pietra cominciò lentamente a girare.

Nella piccola grotta faceva caldo, nonostante il vento soffiasse trasversalmente sfruttando il fronte d'aria che si formava nello stretto corridoio in confluenza con l'apertura esterna. Ma con ciò, Edward sentì ugualmente sudori freddi scorrergli lungo le braccia, mentre la camicia di seta si appiccicava al suo corpo come un sudario. La lampada vagava ora sicura nel vano schiusosi d'incanto, come il masso davanti alla grotta di Sesamo. D'un tratto, Edward venne investito dallo sfolgorio di mille luci che si traducevano davanti ai suoi occhi in un singolare e fantastico balletto: le monete .di Erode facevano bella mostra, ammucchiate in grande quantità in quell'incavo come lucenti perle di uno scrigno.

L'emozione prese Edward alla gola. Una morsa inattesa e violenta, condizionante. Da quando era in quella particolare missione, era la prima volta che riusciva ad annullare per qualche attimo il proverbiale sangue freddo, ma che ora, come d'incanto, pareva essersi dissolto e inghiottito dall'angolo più buio della piccola caverna.

Erano passati giorni, ore o pochi minuti?

La nozione di tempo pareva essergli sfuggita di mente. «Mahmoud aveva dunque ragione» disse ad alta voce, e le sue parole risuonarono di una strana eco.

Lo stridulo gracchiare di un volatile, appostato sulla prominenza di una roccia, lo destò dal breve stato di torpore.

Le monete brillavano di un color rosso sangue, denso e vivace come cristalli di crocoite. Vincendo l'emozione, Edward si apprestò a raccogliere il tesoro, prendendo manciate di monete ed infilandole lestamente nella capace borsa che teneva a tracolla. Il tintinnio dei tondini dorati aveva l'effetto di una cascata che, dopo un salto di parecchi metri, rimbalza su una spessa lastra di ghiaccio. Racimolato il tesoro, Edward ripassò la mano sulla scritta e la pietra, lentamente come si era aperta, ritornò nella sua primitiva posizione.

Come nulla fosse accaduto.

Edward si riportò allora nel piccolo corridoio della "Grotta della pernice", da dov'era venuto, spense la pila e si offrì al chiarore della luna che inondava di luce il davanzale della caverna. Fece poi scorrere la parte di cavo rimasta nella cintola e riprese con maggior determinazione a salire il breve tratto di roccia che sovrasta l'ingresso della grotta, fino alla cima della montagna. Pronto a portare a termine nel migliore dei modi il suo mandato.

Raggiunta la cima dello sperone, non avrebbe dovuto fare altro che scendere dalla parte opposta e raggiungere con tutta tranquillità l'auto di Mahmoud, che lo stava aspettando. La stupefacente missione si poteva considerare felicemente conclusa!

XV.

Il ristretto piano roccioso della cima montagnosa che doveva raggiungere Edward, nella sua configurazione metamorfica, era liscio e piatto, più simile alla superficie splendente di una pista di pattinaggio.

Era stato tutto facile. Forse, persino troppo facile!

Sorridendo alle iniziali paure, Edward appoggiò sicuro le mani sulla sommità della roccia e fece volare il borsone oltre il capo, fin sul terrapieno. Poi, con un ultimo sforzo, aiutandosi con un colpo di reni, posò il piede sulla pietra viva: era certo che Neil Armstrong nel toccare il suolo lunare avesse provato la stessa sua emozione.

C'era un'aria frizzante e delicata. Ombre e luci si insinuavano tra le rovine del Monastero e formavano spettrali rilievi sulla superficie sabbiosa della terrazza.

Edward tirò un lungo sospiro di sollievo e di soddisfazione, si chinò a raccogliere il borsone pieno di monete ma... rimase piegato e immobile, come colpito da improvvisa paresi. Accanto alla valigetta di pelle di cammello vide due grosse scarpe nere, con le punte leggermente divaricate.

Una risata agghiacciante, udibile dalle non lontane sponde del Mar Morto, accompagnò il movimento di Edward per cercare di ritornare in posizione eretta.

«Signor Wilson!». Si sentì apostrofare. «Professor Wilson... ha fatto veramente un ottimo lavoro. Davvero encomiabile» disse una voce.

Dallo stupore, Edward faticava persino a deglutire il residuo di saliva rimastagli in gola. Sentiva la bocca arsa, come avesse appena attraversato l'intero deserto Arabico. Con indicibile fatica, riuscì a spiaccicare le prime parole. «Ma... lei... che cosa vuole? Chi è?».

«Suvvia, professore» fece l'inatteso ospite, spostandosi di lato col viso rivolto alla luna, «adesso, mi riconosce?».

Fece un altro passo di lato, togliendosi completamente dal cono d'ombra.

Edward allibì. Quell'uomo era stato suo compagno di viaggio durante il volo da Il Cairo a Tel Aviv. Sentì d'improvviso svanire la forza e la sicurezza che lo avevano sorretto fino allora. Spendere la debole tesi del turista smarritosi in quei meandri era cosa oltremodo puerile, anche perché i turisti, di regola, stazionano sulla sponda opposta. Tuttavia, anche quel tipo non sembrava avesse motivi più validi per trovarsi lì. Edward decise quindi di ribaltare le posizioni e, rivolgendosi all'uomo, gli chiese a bruciapelo: «Lei, piuttosto, mi spieghi che cosa ci fa qui?».

Quello non si scompose. Con un sorrisetto ironico replicò, calmo: «Signor Wilson, lei è una persona intelligente, di cultura, suvvia, perché mi fa questa domanda?».

Edward strinse forte il manico della borsa, scaricando tutta la tensione sull'impugnatura di cuoio, ma il suo interlocutore lo tolse d'imbarazzo perché aggiunse secco: «Sappiamo ogni cosa. Quindi, le consiglio di collaborare e di non divagare troppo».

Il viso si era fatto improvvisamente truce e il tono della voce non ammetteva deroghe.

«Si spieghi meglio... Non capisco...» farfugliò Edward.

Dopotutto, era la verità.

«Non mi vorrà dire di non aver mai sentito parlare del Mossad?».

Edward impiegò qualche secondo a focalizzare quel termine. Poi si sentì rabbrividire: non erano quelli gli ex compagni di Mahmoud? «E se anche fosse?» replicò, cercando di mantenere la calma.

«Allora, sarà meglio che la metta al corrente di alcune cose» riprese l'uomo con inspiegabile freddezza. E gli raccontò che lui era un agente del Mossad e che aveva seguito tutte le sue mosse, fin da quando aveva messo piede a Gerusalemme. Con velato rammarico, gli disse anche che non aveva potuto fare nulla per salvare il suo collega incorso nell'incidente allo Jewish Cemetery per non rischiare di mettersi allo scoperto. Gli precisò poi che lui era l'ultimo di un gruppo di agenti dei Servizi segreti d'Israele sulle tracce di Mahmoud El Kabir. E aggiunse che, da tempo, pregustava il momento in cui avrebbe messo le mani su "quel traditore". Proprio così, disse: "quel traditore". «Lei, professor Wilson, sarebbe dovuto funzionare da anello mancante per arrivare a lui. El Kabir è uno dei capi dell'OLP».

Edward non replicò. Su quell'argomento, ogni conferma e ogni smentita sarebbe stata ancor troppo lontana e confusa. Tutto appariva così irreale e fantasioso. Ombre e dubbi balenavano di continuo davanti ai suoi occhi, mentre la mente era intenta a ricercare brandelli di spazio su cui soffermarsi, per individuare la sottilissima membrana che separa il bene dal male, il buono dal cattivo, la logica dall'assurdo. Ecco... l'assurdo!

«Non conosco questo... El Kabir» rispose fermo Edward. Aveva volutamente lasciato passare un po' di tempo prima di rispondere, perché la vista di quel tipo non lo lusingava affatto.

L'uomo dette segni di impazienza.

«Andiamo, professore, cerchi di essere ragionevole. Non vorrà per caso atteggiarsi ad eroe, e proprio adesso...».

L'affermazione poteva suonare offensiva, ma il modo duro e sarcastico che l'uomo aveva usato era altrettanto chiaro e foriero di premesse tutt'altro che allegre.

«Suvvia, non mi costringa...» aggiunse questi con fare minaccioso.

Per reazione, Edward strinse con maggior forza il borsone contro la gamba, in modo da sentirselo ben aderente. Prima di mollare il tesoro, avrebbe lottato duramente, perché non aveva certo intenzione di demordere davanti alle minacce di quel tipo. Dopo tutta quella fatica... e poi, opporre resistenza, sarebbe forse servito a distogliere l'attenzione dalla persona di Mahmoud.

«In sostanza» disse a sua volta Edward, «lei vorrebbe darmi ad intendere che, proprio io, dovrei essere in rapporti con questo... questo Mahmoud. Un terrorista, per di più. Andiamo...». Cercava di essere il più indisponente possibile: quell'uomo si rivolgeva a lui perché, con ogni probabilità, non conosceva la ubicazione del nascondiglio di Mahmoud.

«Mi ascolti bene, dottor Wilson» ripropose l'uomo senza lasciarsi impressionare, «sappiamo benissimo che questo El Kabir è suo amico».

«In Israele non conosco nessuno» ribatté pronto Edward.

«Forse, caro professore, non ricorda che, sull'aereo, mi aveva parlato del ventilato incontro con un vecchio amico...».

«Mi sembra che le abbia lasciato galoppare un po' troppo la fantasia, signor...».

«Mesha» rispose l'altro come un automa. Nel pronunciare quel nome, batté leggermente i tacchi.

«Comunque, signor... Mesha, lei sta sbagliando di grosso nei miei confronti» tagliò corto Edward. Gli sarebbe importato ben poco se gli fosse capitata fra capo e collo una domanda sul "perché" si trovasse in quel luogo e sul "che cosa" ci facesse. Per di più, a quell'ora e con quel fardello fra le mani.

Paziente come un certosino, l'uomo del Mossad prese a ricucire la tela, partendo proprio da quei due punti.

«Allora, professore, mi spiega perché e per che cosa si trova in questo bel posticino e in piena notte, per giunta?».

Sembrava gli avesse appena letto nella mente.

Mesha accompagnò le parole con uno sguardo intenzionale al borsone.

Edward pensò che lo stesso genere di domanda gliel'avrebbe potuta fare lui. Infatti, disse: «Perché, lei, che cosa ci fa qui e a quest'ora?».

L'uomo si lasciò andare in un'altra delle sue poco rassicuranti risate. «Forse non mi sono spiegato bene» fece ritornato subito serio. «Il mio unico scopo è di arrivare a Mahmoud El Kabir».

«Se insiste...».

«Del tesoro» disse con un cenno del capo alla borsa che Edward teneva stretta nella mano, «non me ne importa nulla. Se proprio lo vuol sapere, quelle monete sono false».

Edward non riuscì a nascondere lo stupore. Guardò la borsa, poi l'uomo davanti a sé, poi nuovamente la valigetta.

Gli sembrò che tutto girasse attorno a lui.

«Sì. La borsa con le monete d'oro del Tempio di Erode, che tiene ben stretta, è un trucco che abbiamo appositamente montato per il suo amico. Una bella trappola».

Rise.

«Ma... allora lei... sapeva cosa c'era qui dentro...» balbettò Edward. Doveva già iniziare il conto alla rovescia verso la resa?

«Si tratta di qualche migliaio di monete di alpaca, dorate e antiche... di qualche settimana».

Approfittando del momento favorevole e venendo a mancargli il contradditorio, Mesha gli spiegò come erano andate le cose. E come i Servizi segreti del suo Paese fossero riusciti ad individuare l'uomo che teneva le fila dei Palestinesi nella zona nord-occidentale.

«Allora, avete pensato bene di mettere in moto questo stratagemma. Insomma, vi siete voluti prendere gioco di Mahmoud El Kabir e di... me».

Mesha sorrise, annuendo.

«La pietra della grotta» disse poi gongolante, «si apre in virtù di un normalissimo congegno elettronico. Una semplice cellula fotoelettrica che funziona da apriporta non appena si sfiorano alcuni segni, quelli che El Kabir le ha indicato».

«Chiarissimo e ingegnoso» considerò Edward con malcelato stupore. «Per quale assunto, allora, tutte queste belle cose sono state portate a conoscenza di El Kabir?» domandò poi.

«Si riferisce forse alla messinscena della grotta? Oh, semplicissimo, un modo sicuro per trovare il punto di contatto».

«Geniale» ammise suo malgrado Edward.

«Quando siamo stati a conoscenza della sua venuta» riprese Mesha, lisciandosi la guancia come un gatto che si lecca i baffi davanti al topo, «tutto è stato più facile. Sapevamo tante cose e, fra le altre, che il suo amico El Kabir aveva bisogno di fondi, di ingenti fondi».

«Allora c'è stato qualcuno che vi ha messo sull'avviso» dedusse candidamente Edward.

«Signor Wilson, se siamo considerati fra i migliori servizi segreti del mondo... ci sarà pure un motivo».

«Va bene. Va bene. Però, non sono ancora del tutto convinto della storia» disse Edward, cercando di guadagnare tempo e trovare modo di saltare quell'ostacolo imprevisto. Com'era stato possibile che, in così breve tempo, fossero venuti a conoscenza delle sue mosse? Forse qualcuno aveva lavorato nell'ombra, all'insaputa di Mahmoud. A meno che...

«Astuti!» sbottò d'un tratto Edward, guardando con strana ammirazione l'avversario negli occhi. «Veramente astuti».

Mentre diceva quelle parole, con la mente pensava che avrebbe dovuto fare in modo da distrarlo e studiare, nel contempo, la possibilità di avvisare Mahmoud del pericolo incombente. E pensare che Mahmoud si trovava a non più di un tiro di schioppo da chi lo braccava...

Mesha lo guardò con un certo sussiego. «Se vuole, più avanti, le potrò spiegare con maggior dovizia di particolari ogni cosa» rispose questi, lusingato.

«Uhm» bofonchiò senza eccessivo entusiasmo Edward, facendo nuovamente crollare ogni considerazione nei suoi confronti. «Ad essere sincero, non è che poi ci tenga così tanto...». Quell'uomo dal viso infingardo e dalla barbetta nera che si perdeva nel buio della notte non gli suggeriva simpatia.

Riprese subito Mesha: «Adesso che, in qualche modo, ci siamo spiegati, aspetto un gesto di collaborazione da parte sua».

«E se questo non arrivasse?».

«Nel qual caso e, mi creda, si tratterebbe di una deprecabilissima e disgraziatissima soluzione, sarò molto spiacente di interrompere il nostro gradevole colloquio al chiaro di luna» fece gelido per tutta risposta Masha.

E per dare maggior consistenza alle sue parole, gli puntò contro la fredda e lucente canna di una vecchia ma sempre inquietante Luger.

Più eloquente di così, pensò Edward, che però non poté fare a meno di ritornare rapidamente sul suo pensiero iniziale, e cioè sul modo più svelto e sicuro per tirarsi fuori da quella situazione che si faceva sempre più pericolosa. In quel frangente, tuttavia, si rammaricò di non essere un uomo di provata fede perché non gli venne in mente nessun nome di qualche Santo Protettore cui rivolgere una supplica.

«Sembra che non esistano molte alternative, a quanto mi è dato di capire» disse Edward con fare rassegnato e, senza farsene accorgere, incominciò ad arretrare verso il bordo della montagna. Se fosse riuscito a ricuperare la fune che si trovava ad un paio di metri distante, avrebbe forse avuto qualche possibilità di ribaltare la situazione. Mentre continuava a muoversi, con mosse lente, misurate, quasi impercettibili, riprese a parlare. «È la sua ultima parola?» domandò.

Mesha non rispose, ma seguitò a fissarlo con aria feroce.

Edward allora proseguì nella sua azione, ma una piccolissima asperità del terreno, esistente come minimo da qualche millennio, fu sufficiente per mandare a monte il suo abbozzo di piano. Arretrando, infatti, inciampò con il tacco nel minuscolo sperone di roccia e il leggero contraccolpo lo sbilanciò e gli fece perdere l'equilibrio.

Cadde all'indietro.

Mentre scivolava verso l'abisso, con la forza della disperazione, Edward riuscì ad aggrapparsi al terreno, strisciando per qualche metro.

La scena era stata così rapida, che il suo avversario non aveva fatto altro che osservare attonito, senza però dare l'impressione di voler intervenire in suo aiuto. Mesha non mosse un muscolo, con ogni probabilità pensando che, anche un eventuale aiuto, sarebbe stato vano e sicuramente rischioso per lui.

Edward scivolò fin oltre il margine interno poi, aggrappandosi al bordo cespuglioso, si fermò, rimanendo con le gambe a brancolare nel vuoto, come un paio di pantaloni stesi ad asciugare. Le mani sanguinanti gli bruciavano terribilmente. Alzò lo sguardo e vide con desolazione che l'orifizio della pistola era abbassato ed era puntato all'altezza della sua fronte.

Tutt'intorno c'era un silenzio irreale e, sullo sfondo, le rovine di Qumran parevano avvolte da un denso e strano velo luminescente.

Nonostante la scomodissima posizione, Edward non poté esimersi dal godere di un'improbabile quanto estemporanea veduta delle grotte, mentre spicchi di luna penetravano nelle piccole caverne, provocando dei giochi di luce spettrali e fascinosi.

«Allora, professore, adesso vogliamo collaborare?» domandò Mesha sempre con la pistola in mano, togliendo al povero Edward l'occasione di gustare più a lungo l'aspetto più spettacolare dell'evento. Lui, in quel momento, non era di certo in grado di dettare condizioni e si limitò, quindi, a bofonchiare uno stanco: «Cosa diavolo vuole ancora?».

Era distrutto.

Le mani, trafitte e spelacchiate dal contatto con il terreno roccioso e brullo, sanguinavano copiosamente. Le unghie, protette in parte dai guanti, si erano salvate al primo violento impatto con la montagna, ma ora cominciavano a dolere. Tuttavia, più che la sofferenza fisica, provava stizza e amarezza per quella stupida protuberanza che aveva mandato a monte il suo tentativo.

Mesha non ripeté l'invito. Senza aggiungere altro, avvicinò lentamente la punta delle scarpe alle dita di Edward e, d'improvviso, gli schiacciò con la suola l'indice della mano destra: nel silenzio, si udì uno scricchiolio di ossicini ammaccati.

Edward si fece forza e cercò di resistere al dolore, ma, quando l'operazione si ripeté sul mignolo, gli sfuggì un gemito attraverso le labbra serrate e contratte.

«Le ricordo, che posso continuare con le altre otto dita» fu l'incoraggiante messaggio di Mesha. «Mi spiacerebbe davvero che, per colpa della sua inutile e controproducente testardaggine, il mondo della musica debba perdere uno dei suoi valenti esecutori...».

Pensando a quanto aveva subìto Mahmoud, Edward non faticò a credere che la minaccia non sarebbe caduta invano. E Mesha pareva intenzionato a non indugiare, perché gli puntò la canna della pistola in mezzo agli occhi e, questa volta, Edward pensò proprio che avrebbe fatto bene a rammentare le poche preghiere di cui era a conoscenza. Guardò in alto, supplicante, verso la luna che splendeva pallida e ignara nel cielo, nell'estrema speranza di scorgere qualche segno magico che lo aiutasse ad uscire da quell'impiccio.

Nel silenzio vellutato di una notte incomparabilmente bella, seducente e irraggiungibile come una Iside, ogni pensiero di Edward affondava nel mistero di un qualcosa di magico e di imponderabile che sarebbe ancora potuto accadere.

E che, all'improvviso, accadde!

Un'ombra scura, enorme, sbucò tutto d'un tratto alle spalle dell'uomo in piedi sul bordo del dirupo. Mesha, notando il segno di stupore dipinto sul viso di Edward che aveva riconosciuto il faccione di Hàmed, si voltò di colpo e fece fuoco un paio di volte. Il maestoso aiutante di Mahmoud rimase come stupito e incredulo poi, senza un gemito, cadde stecchito a terra con il volto a pochi centimetri dalle sue mani.

Quello che subito dopo avvenne, si svolse con rapidità impressionante, come nello scorrere di un flash-back a velocità doppia del normale.

La mente di Edward riuscì appena a catturare alcune immagini folgoranti e vorticose.

Una figura atletica, dai grandi occhiali scuri, sbucò d'improvviso dal buio, barcollando, e con un braccio teso davanti a sé. Con un balzo felino, si avventò contro l'uomo del Mossad. I due corpi lottarono avvinghiati per qualche secondo, poi un colpo di pistola soffocato dalla presenza del bersaglio troppo vicino, mise fine alla zuffa. Mesha si staccò dal corpo a corpo e rimase per un attimo rigido e immobile poi, avvitandosi nel terreno, cadde nel burrone in posizione d'attenti, sfiorando Edward ancora agganciato al suo piccolo provvidenziale sperone.

Mahmoud continuò invece a camminare, ritto e scultoreo, avanzando inesorabilmente verso il bordo, mentre un fiotto scuro all'altezza del cuore gli macchiava la giacca color cremisi.

Edward cercò di aprire le labbra per dirgli qualcosa e per avvisarlo del pericolo incombente, ma non riuscì a far uscire alcun suono dalla sua bocca.

Non poté far altro che osservare inorridito l'amico compiere alcuni passi verso l'abisso e precipitare nel vuoto. Restò impietrito, incapace di abbozzare il minimo tentativo per trattenerlo, con un braccio vanamente proteso verso di lui.

Prima che il silenzio ritornasse a dominare sugli alti dirupi. Laggiù, dal fondo avvolto nel buio e nel nulla, risuonarono le battute finali di "*AKH! AKH*!", che si tradussero ben presto in un disperato ed estremo cenno di addio.

XVI.

Era stato tutto inutile. Tutto vano.

Nel tentativo di saldare il debito con Mahmoud, Edward aveva ottenuto l'effetto opposto. Non solo non era riuscito ad aiutarlo a soddisfare un'improbabile quanto disperata sete di vendetta ma, addirittura, all'esistente debito ne aveva aggiunto un secondo: gettandosi a corpo morto sull'uomo del Mossad, Mahmoud gli aveva nuovamente salvato la vita! Era davvero incredibile quanto gli era accaduto in così breve tempo. E proprio a uno come lui: uomo tranquillo e quieto per definizione, pacifico professore di borghesi natali, dimorante in una cittadina di provincia del Maryland. Era stata, evidentemente, una macabra sceneggiata ad aver voluto quel genere di prologo in terra d'Israele. Un'avventura che era riuscita ad assumere parvenze misteriose ed incredibili. Un'avventura che avrebbe lasciato pesanti e indelebili segni nel suo candido spirito di persona mite e cortese che rifuggiva per natura da violenze e contrasti.

Perché, in quei momenti, gli occhi di Edward non riuscirono a cogliere sensazioni diverse da quelle tremende e paurose legate al cordone ombelicale di un nudo e insensibile spuntone di roccia.

Ci volle comunque del tempo perché Edward si riavesse dal quel traumatico finale, poi, piano piano, riuscì a risalire sul terrapieno sopra la grotta.

C'erano delle nuvole biancastre che si confondevano all'orizzonte e rendevano, ora, meno nitidi i confini naturali delle grotte, mentre la parete scura e ombrosa aveva l'aspetto opprimente di un muro tetro e invalicabile.

«Qumran» disse Edward a mezza voce. Quasi un'imprecazione. Un nome che sarebbe rimasto impresso nella sua mente e legato per sempre a un episodio dall'ineluttabilità stupefacente. Cercò comunque di distrarre la mente dai brutti e tristi pensieri, aggrappandosi ai riferimenti presenti. Si trovava solo, lontano da tutti e per di più anche mal conciato, a vagare tra montagne che, fino a poco prima, per lui non rappresentavano altro che un insignificante riferimento geografico.

Edward lasciò quel luogo maledetto e riprese la marcia verso la vicina cresta del monte. Per sua fortuna, riuscì a trovare d'istinto il sentiero dal quale erano presumibilmente saliti Mahmoud e Hàmed. Si lasciò andare lungo lo stretto e ripido passaggio, prestando attenzione a non imboccare camminamenti pericolosi e devianti. In fondo al vallone, dietro a uno spigolo roccioso ai lati di un viottolo sterrato, c'era la Mercedes.

Edward salì sull'auto e con un paio di manovre mise il veicolo nel senso inverso in cui si trovava, riprendendo la via del ritorno. Guidando con una sola mano, cercò con l'altra di rendersi più presentabile. Le dita, dopo il *trattamento* di Mesha, erano tumefatte, ma per sua fortuna non gli impedivano i movimenti determinanti. Il naso e gli occhi erano gonfi come quelli di un pugile dopo un k.o.

Condusse l'auto sulla strada percorsa quand'era arrivato, al fondo della quale svettava la costruzione del Dead Sea Hotel. Nel tratto di strada senza traffico, si udiva solo il rombo dell'auto di grossa cilindrata, con i fari che sulle pareti ai lati formavano un alto e spesso corridoio luminoso. Sulla montagna si intravvedevano solo alcuni barlumi di luce che localizzavano il Convento greco-ortodosso di Nebi Musa e poi buio assoluto. Però, dopo pochi chilometri, la scena cambiò d'incanto, quando la Mercedes imboccò la striscia illuminata come una pista di aeroporto della superstrada che da Amman porta a Gerusalemme.

Sembrava che Edward avesse dimenticato quella che poteva essere la nozione di tempo. Gli avvenimenti freneticamente succedutisi nelle ultime ore erano riusciti a mandare in tilt il suo sistema neurovegetativo, perennemente regolato da cadenze ritmo-biologiche quasi perfette. Cosa insolita, gli sfuggì un'imprecazione ad alta voce al ricordo che, proprio quella sera, era ospite d'onore di un concerto della celebre Philarmonica d'Israele. Avvenimento che aveva fortemente atteso fin da quando aveva deciso di partecipare al lungo viaggio oltreoceano. Sarebbe stato suo desiderio fare a Mahmoud una piacevole sorpresa: in effetti, la sorpresa c'era stata, ma tutt'altro che piacevole. E quel *remember*, acuì la dolorosa sensazione di incredulità e di stupore. Aveva ancora senso quel voler correre incontro ad un presente già per molti versi rappresentato dal passato?

A un semaforo col rosso, Edward abbassò il finestrino e domandò a un passante dove si trovava il Wise Auditorium: il nome della sala da concerto gli venne miracolosamente alle labbra quasi ci fosse stato qualcuno a suggerire. L'uomo cercò di farsi comprendere a segni e a parole e, seppur a fatica, Edward riuscì a collegare le sue indicazioni con alcuni luoghi a lui noti, come il Tempio del Libro. Poi, senza lasciarlo finire, riprese la corsa con un frettoloso cenno di saluto e si lanciò a tutta velocità lungo un viale alberato in direzione della parte occidentale della città.

La bassa e allungata struttura della Knesset, scolpita nella pietra rosata e con le ampie vetrate dipinte da Marc Chagall, gli servì da prezioso punto di riferimento. Giunto a uno slargo, al centro del quale una luce smeraldina illuminava il Menorah in bronzo dalle sette braccia, simbolo d'Israele, Edward piegò sulla destra e si avvicinò alla grande cupola bianca che sormonta il muro di basalto nero del Santuario del Libro. Una costruzione che sta a simboleggiare il conflitto tra i "Figli della Luce" e i "Figli delle Tenebre". Appena superato il Santuario del Libro, l'auto voltò a sinistra e imboccò poi la spaziosa Balfour Road.

Il cielo era terso e trasparente, irreale come quello di un presepe. I lontani rumori che provenivano dalla città si annullavano nel paesaggio ondulato color terra d'ombra bruciata.

Edward arrivò finalmente a destinazione e lasciò l'auto nei pressi della Rubin Music Academy, per proseguire a piedi nell'ultimo tratto e cercare, in quei brevi attimi, di fare un rapido "censimento" di se stesso. Il vestito si era lacerato in più punti e gli impediva di camminare più spedito, le ginocchia, ancora gonfie gli procuravano improvvise fitte ad ogni tentativo di velocizzare i movimenti, mentre il gomito sbucciato aveva assunto le parvenze di un pomo di ottone sul mancorrente di uno scalone. Il suo aspetto non era molto diverso da quello di un malcapitato viandante caduto in uno stagno, dopo essere stato investito da un autocarro. Il volto, poi, era pieno di lividi e le mani violacee, con le nocche inspessite da grumi di sangue e lembi di pelle sollevata di un colore indefinibile, impressionante a vedersi.

Nonostante tutto, Edward era deciso a condurre il suo impegno fino in fondo. Doveva, a tutti i costi, presenziare a quel concerto. Glielo suggeriva il suo subcosciente, con l'imperativo che doveva aprirsi al più presto alla realtà. Ma, nello stesso tempo, provava uno strano, incontenibile desiderio di abbracciare Annabelle ed Emily. Era certo di trovarle in quel luogo e voleva spiegare loro la sua straordinaria avventura, pronto a teorizzare con mille argomentazioni sull'aggettivo INCREDIBILE, che, da quel giorno, avrebbe sentito indosso come una seconda pelle.

XVII.

La facciata a canne d'organo alta e maestosa del Wise Auditorium brillava come l'Alpamayo innevata delle Ande Peruviane.

Edward alzò il capo per accertarsi di essere arrivato, mentre alcune avvenenti hostess di servizio, che avevano assistito all'apparire di quell'uomo lacero e sporco con evidenti escoriazioni alle mani e al volto, lo squadravano con qualche preoccupazione.

Entrò nell'atrio barcollando, come uno che non abbia del tutto smaltito i fumi dell'alcol. Il suo sguardo era fisso, da invasato. Pareva un fantasma vagante lungo la Geenna.

Nonostante l'aspetto tutt'altro che esaltante, inspiegabilmente, una delle ragazze in divisa si avvicinò e gli rivolse un inchino di benvenuto, come se, in sua vece, ci fosse stato l'uomo elegante e distinto dei tempi migliori. Fu comunque Edward il primo a stupire e, approfittando del vento favorevole, chiese con naturalezza alla ragazza di essere accompagnato in sala.

L'hostess, come riavendosi da futili fantasticherie, gli rispose gentile, ma ferma, che non era possibile accedere in sala a concerto iniziato. «Mi dispiace, signore» disse allargando le braccia in segno di rammarico.

«Allora mi indichi la toilette» fece Edward di rimando, senza scomporsi.

«Ma... signore!» replicò lei, impallidendo. Gli occhioni azzurri e luminosi parevano uscire dalle orbite. Era alta, rossa di capelli, con un corpo slanciato e ben modellato nel tailleur di gabardine. «Signore, questo è un teatro» aggiunse pensando che forse quel tipo non era nella sua serata migliore.

«Lo so» fece secco Edward. «Questo è il Wise Auditorium». E alzò la mano tumefatta che aveva quasi assunto il colore ramato dei capelli della donna. Poi disse ancora: «Alla fin fine, sono solo uno spettatore arrivato in ritardo, non l'orco delle favole».

Sorrise alla battuta.

La ragazza invece non si scompose. Forte della vicinanza di due colleghe, alte e belle come lei, ripropose con maggior vigore: «Senta, signore, la prego, non mi costringa a chiamare la Polizia».

Il tono questa volta era perentorio, senza perifrasi.

Edward smise di sorridere.

«Signorina» disse, «mi deve scusare, ma devo assolutamente assistere al concerto. Anche se, come potrà ben notare, ho avuto qualche contrattempo...».

Edward cercò di sfoderare tutte le sue armi di persuasione. Era anche lui determinato e deciso a non mollare. «E adesso non mi venga a dire che sono anche sprovvisto di biglietto!» aggiunse giocando sull'effetto sorpresa.

Si piazzò davanti alla donna e la fissò negli occhi.

L'hostess si rese conto che, forse, le aveva rubato la battuta, perché rimase per un attimo interdetta. Le altre hostess assistevano curiose, ma senza entrare in azione. La ragazza abbassò il capo e, con aria perplessa, si guardò distrattamente le unghie laccate di verde, poi contraccambiò lo sguardo di Edward con un pallido sorriso.

«D'accordo, signore» disse allora, dolce e gentile. «Comunque, lei non può entrare lo stesso».

Edward si trovò al punto di partenza.

«Senta, signorina» ripropose, con un altro bel sorriso sulle labbra bluastre, «io devo entrare ad ogni costo. Là dentro, c'è mia moglie, mia figlia e i miei amici...». Tentava di metterla sul patetico, ben conoscendo le ferree regole delle sale da concerto.

«Mi dispiace» replicò lei dura. «Ma... prima non cercava una toilette?».

E posò con decisione una mano sul braccio di Edward che stava già muovendo verso lo scalone d'ingresso alla sala. La frase della donna, a quel punto, poteva anche apparire offensiva, ma Edward non ci fece caso e rilanciò: «Vede, cara signorina, sono anch'io musicista e suono in un'orchestra sinfonica americana».

La mano della donna rimase ugualmente sul suo braccio, la pressione, però, si era lievemente allentata.

«Sono un amico del maestro... El Kabir» aggiunse Edward. Nel pronunciare il nome di Mahmoud sentì un groppo in gola: preso dalla disperazione non gli era uscito nulla di meglio.

La donna abbandonò la stretta d'improvviso. Si spostò di qualche passo e lo guardò smarrita, come si fosse trovata dinnanzi un totem da venerare. La bocca era leggermente socchiusa, con un leggero velo di turbamento negli occhi. Dubbi e ansie passarono rapidi nella sua mente: era al suo primo giorno di lavoro e per poco non ci scappava l'incidente diplomatico.

Si tirò da parte sussiegosa. «Prego...» disse con un filo di voce indicandogli la strada da seguire.

«Forse è più opportuno che mi dia una pulitina. Non trova?» aggiunse Edward indicando col braccio una scritta in fondo al corridoio.

Nessuno osò replicare.

Con un profondo inchino rivolto alle tre hostess, Edward si avviò.

Ora andava decisamente meglio, pensò sollevato.

Le luci della sala erano state appena spente. Stava per avere inizio la seconda parte del concerto. Solo il golfo mistico, dov'era situata l'orchestra, era punteggiato di piccole luci che illuminavano il leggio degli orchestrali.

Edward aveva fatto il suo ingresso nella sala passando da una porticina laterale. Prima di entrare, però, aveva dato uno sguardo al tabellone con il programma della serata. A tutta prima, si rammaricò di aver perso la *Seconda* di Brahms, una sinfonia leggera e gaia, dal gioioso tripudio finale: la sua preferita. Poi, però, si reputò egualmente fortunato, se non altro per essere riuscito ad entrare.

La sala del Wise Auditorium era al completo. Gli orchestrali avevano appena provato gli strumenti e il direttore d'orchestra era già sul podio, con la schiena volta alla platea, in attesa dell'attacco.

Edward avanzò senza il minimo rumore, costeggiando la parete laterale e scendendo i gradini in punta di piedi per avvicinarsi alle prime file di poltrone. Nessuno sembrò badare a lui, a quell'ombra furtiva nella penombra della sala. D'un tratto, si bloccò trattenendo il fiato. Nella prima fila, c'erano Annabelle ed Emily. Non aveva dubbi, erano proprio loro! E Annabelle era stupenda, con i capelli dai riflessi dorati che incorniciavano il suo viso fascinoso. Edward provò una profonda tenerezza nel ritrovare quelle sembianze tanto care che si sarebbe voluto precipitare ad abbracciarla.

Come comandata da un fluido magnetico, Annabelle si voltò, puntò su di lui i suoi occhi sfavillanti e gli sorrise amorevolmente, senza il minimo segno di stupore. Edward rimase di stucco. Era sparito misteriosamente da un paio di giorni, lei lo rivedeva al concerto come piovuto dal cielo, stracciato e conciato come un bucaniere e non aveva fatto altro che sorridergli tranquillamente. E anche Emily lo osservava compiaciuta e beata, muovendo a ventaglio il foglio del programma in segno di saluto.

Non ci capiva più nulla. Era così stupefatto che dovette darsi un pizzicotto al braccio per accertare di essere proprio lui...

Prese posto su una poltrona fortunatamente vuota accanto al corridoio, in preda a un profondo smarrimento.

Impettito e immobile sul podio, il direttore d'orchestra, che sembrava attendere il suo arrivo per riprendere il concerto, d'un tratto si voltò verso il pubblico, avvicinò a sé un microfono e con voce chiara disse: «Signore e signori, la seconda parte del concerto subirà una piccola variazione di programma. Dirigerò come primo brano una mia composizione dal titolo breve, ma significativo: *AKH! AKH!*». Si fermò un istante, per accertarsi dell'attenzione del pubblico, poi proseguì: «Si tratta di una *Sarabanda* per orchestra, che ho composto anni addietro, per dedicarla a un mio carissimo amico... qui presente. Il professor Edward Wilson!».

Concluso l'annuncio, alzò il capo e andò ad incrociare lo sguardo del sempre più allibito Edward.

Edward sentì premere una forza prepotente che lo inchiodò alla poltrona. Rimase fermo al suo posto, al pari di un pezzo di tufo solidificatosi nella roccia.

L'uomo sul podio, illuminato da un provvidenziale cono di luce, appariva alto e affascinante, con degli splendenti occhi azzurri. Le braccia erano tese verso di lui e lo invitavano a salire sul podio. Non portava occhiali e, anatomicamente, era perfetto. Il ritratto spiaccicato di Mahmoud.

Edward si alzò a fatica, come un androide, spinto da una forza misteriosa. Tutte le sensazioni si confusero nel caloroso applauso del pubblico.

Si sentì svenire.

Prima di perdere i sensi, però, un bagliore si insinuò nella sua mente ottenebrata, ma sufficiente da dargli l'opportunità di riconoscere, nell'uomo accanto a lui, l'inconfondibile figura di Mahmoud El Kabir.

Ma allora...

XVIII.

Un forte scossone, mentre il suo nome veniva ripetuto più volte.

Fu così che Edward vide davanti ai suoi occhi il volto di Annabelle.

La guardò a lungo, a bocca aperta, come si fosse trovato di fronte a un fantasma. Poi scrollò il capo, ripetutamente, per accertarsi di quanto stava accadendo e per vedere se la visione si dissolveva, ma la figura in piedi davanti a lui continuava a rimanere reale e ben salda. Il viso della donna era solo solcato da una leggera ombra di trepidazione.

Annabelle indossava un elegantissimo abito da sera, dall'ampia scollatura. Sul corpetto splendevano alcuni piccoli brillanti che, al movimento del corpo, sembravano lucciole vaganti nelle sere d'estate. Un tocco raffinato di Yves Saint Laurent la rendeva fresca e profumata come una rosa coperta di rugiada.

«Non ci si può mai fidare di te... caro» esordì Annabelle con tono di rimprovero.

Era più seria del solito.

Poi non riuscì a trattenere il sorriso. «Ti sei addormentato profondamente Ed, e per svegliarti c'è voluto quasi il cannone».

«Ma...».

«Povero caro, incalzò la donna, accarezzandogli dolcemente il viso, «mi sembri così strano».

«N... no. Sono solo un po' stanco» replicò Edward ancora intontito. Non riusciva a rendersi conto di quanto ci fosse di vero o di immaginario in ciò che lo circondava. Si guardò con sorpresa le mani pulite e le unghie curate. Si toccò le ginocchia senza percepire alcun dolore. Sul suo corpo, poi, non c'era traccia di ecchimosi e il vestito non aveva lacerazioni, era solo un po' spiegazzato dalla posa che aveva tenuto per lungo tempo sul divano. E adesso cosa avrebbe dovuto raccontare ad Annabelle per essere ritenuto almeno in parte attendibile? Per quanto lei lo amasse e lo stimasse, fino a che punto il suo racconto poteva avere basi credibili? Perché, quanto aveva vissuto era stato un vero e proprio racconto, meglio, un incubo. Decise però di soprassedere per il momento, riproponendosi, semmai, di ritornare sull'argomento dopo una revisione a mente fredda dell'accaduto.

Tutto quello che aveva vissuto apparteneva dunque ad un sogno? Solamente ad un fantastico e terribile sogno e nulla più?

Annabelle però lo distolse subito dalle sue elucubrazioni e gli disse: «Ti prego, Ed, fai presto a prepararti. Fra poco è previsto un incontro con il nostro Ambasciatore. Ti aspetto nella hall dell'albergo, con i Pearson...».

Poi, dettate le sue condizioni, Annabelle si avviò alla porta, ma vedendolo ancora immobile sul divano con l'aria assorta e le gambe penzoloni, aggiunse: «Per caso, non ti senti bene?».

Lui la tranquillizzò alzandosi di scatto, come spinto da una molla improvvisa. Le sorrise e si avviò nella sala da bagno immersa in uno sfavillo di luci e di cristalli.

«Ah, dimenticavo» aggiunse Annabelle accingendosi a lasciare la stanza, «il dottor Merrick mi ha detto che in questi giorni andremo anche a visitare le famose Grotte di Qumran... ma, in questo momento, forse, questo nome non ti dice molto».

Edward non riuscì a trovare in tempo una risposta decente che, nel frattempo, la porta si chiuse fra di loro.

Allora si guardò allo specchio, cercando, ma inutilmente, qualche valida traccia che potesse spiegare la sua fantomatica avventura. Non gli restò che ripetersi ad alta voce che si era trattato solamente di un sogno. Un brutto sogno, assunto con i contorni di un tremendo incubo.

L'invitante e dolce venticello di una giornata calda e afosa, il soffice e comodo divano e la corposa guida di Israele fra le mani, avevano evidentemente concertato quella pièce fantastica. La sua fertilissima mente, poi, aveva fatto il resto...

Si lasciò sfilare l'abito di dosso, preparandosi spiritualmente ad una rapida doccia e a una tonificante rasatura, anche se il pensiero era ancora preda dell'inconscio e ogni movimento pareva venisse eseguito al rallentatore. Non era pienamente convinto della realtà e passò più volte la mano sul viso rasato di fresco, nella tema di scovare qualche possibile segno tangibile dell'avventura... sognata.

Per ultima cosa, indossò lo smoking con gesti ampi e voluti, indugiando più del consueto. Poi, forse per la prima volta, gli venne da sorridere, rievocando quel gioco di fantasie e, comunque, lieto e consapevole, ora, che nulla di ciò fosse realmente accaduto e che, soprattutto, Mahmoud non fosse il brutto ceffo incontrato a Gerico.

«Già... un sogno» affermò per l'ennesima volta Edward, aggiustandosi il farfallino. Si sentiva già in ottima forma, calmo e riposato, pronto ad indossare i panni dell'azzimato e distinto professore di musica. In futuro, sarebbe stato utile mettere a freno la fantasia che, spesso e senza preavviso, riusciva ad impossessarsi anche dei suoi sogni.

Tonificato e in perfetta simbiosi con l'aplomb che prediligeva, Edward si avviò alla porta in fondo al breve corridoio. Appoggiò la mano sull'interruttore, non prima di aver dato un ultimo tocco al fazzolettino color salmone che spuntava civettuolo dal taschino dello smoking e che vide riflesso nello specchio della consolle.

Ma i suoi occhi caddero distrattamente sulla mensola in onice del mobiletto.

Rimase di stucco.

Incredulo e smarrito.

La piccola, innocua, scatola di Turmac era lì, sul mobile, e lo fissava beffarda!

Se stringi nel pugno la sabbia del deserto non riuscirai a trattenerla. Se lasci aperta la tua mano, la tua mano si riempie di sabbia.

"È vero. Dunque, reprimiamo questa indole selvaggia, questa furia, questa superbia, se ci avvenisse di sognare ancora. E così faremo; poiché tanto singolare è il mondo, che vivere è soltanto sognare: e l'esperienza m'insegna che l'uomo, vivendo, sogna quel che è, finché si sveglia. Sogna il re d'esser re e in quest'inganno vive, comanda, dispone e governa; e gli onori che riceve in prestito li scrive sul vento e, sventura, li converte in cenere la morte. E chi vorrà regnare sapendo che deve pur svegliarsi nel sonno della morte? Sogna il ricco, tra le sue ricchezze, che gli dan tanti crucci; sogna il povero, che patisce miseria e povertà; sogna chi comincia a prosperare, sogna chi brama e s'affanna, sogna chi fa oltraggio e ingiuria, e nel mondo, tutti, in conclusione, sognano quel che sono, anche se nessuno lo comprende. Sogno io, che sono qui oppresso in questo carcere; e sognai di vedermi in più lusinghiera condizione. Che è la vita? Un delirio. Che è la vita? Finzione, ombra, illusione. E il più gran bene è niente; ché tutta la vita è un sogno; e sogno sono i sogni."

(Pedro Calderon de La Barca: "La vita è sogno"- Atto secondo, Scena XIX)

Nella primavera del 1947, un pastorello giordano di nome Mohammed, stanco di inseguire una capra ribelle su di una parete rocciosa ad occidente del Mar Morto, si siede all'ombra di una roccia e si diverte a gettare sassi nella ridotta apertura di una grotta.

Ad un certo momento, ha l'impressione di aver colpito un vaso di terracotta. Da solo non osa entrare a vedere di cosa si tratta, ma il giorno dopo ritorna con un cugino ed entra con lui per l'angusta apertura: la grotta è stretta, il pavimento coperto di cocci, ma, in fondo, i due scorgono otto giare intatte, ognuna con il suo coperchio. Tutte vuote, eccetto una.

Da questa, estraggono tre rotoli, uno grande e due più piccoli.

Non sapendo che farsene, danno i tre rotoli a uno zio che porta tutto a Betlemme al mercato della tribù Ta'amireh, alla quale appartengono gli scopritori.

Dopo uno sguardo sommario, un mercante d'antichità, tale Halil Iskandar Shalim, pensa bene di portare il tutto al superiore del convento monofisita siriaco di San Marco in Gerusalemme, Mar Athanasius Jeshue Samuel, il quale li acquista.

Solo più tardi, questi acconsente a lasciarli fotografare da alcuni studiosi dell'American School of Oriental Research for American School of Archaeology.

I tre Rotoli contenevano: il primo "Libro di Isaia" nella versione originale ebraica, la "Regola della Comunità" ed il "Commento ad Abacuc".

La grande scoperta però, anche a causa delle condizioni politiche tutt'altro che favorevoli, venne divulgata solamente nel 1949, per intervento di un ufficiale belga dell'ONU ed il luogo di ritrovamento dei rotoli venne denominato Grotta 1Q.

Qualche anno appresso (1952), alcuni beduini trovarono altri manoscritti in una nuova grotta di Qumran. Questa volta, però, il pronto intervento della Ecole Biblique del Palestinese Archaeology Museum e dell'American School portarono alla scoperta della Grotta 2Q e di un'altra ancora inesplorata, la Grotta 3Q.

Ormai la psicosi dei manoscritti, con i tangibili frutti economici che se ne potevano ricavare era tale, che un anziano della tribù Ta'amirek raccontò che, tanti anni prima, quand'era giovane, lungo uno dei quattro speroni che discendono verso il wadi Qumran, aveva inseguito una pernice ferita che gli era sfuggita e che vide poi cadere in una cavità della parte scoscesa dello sperone. Raggiuntala con molte difficoltà, e ricordò di avere visto che in quella grotta c'erano molti oggetti e delle giare.

La notizia destò enorme impressione, al punto che alcuni studiosi, individuata la grotta, riuscirono a trarne alla luce tali e tante ricchezze di manoscritti che, ad evitare la dispersione e la speculazione per vie clandestine, intervennero sul luogo diverse istituzioni, fra cui il governo Giordano, la Mc Gill University di Montreal e le Università di Manchester e di Heidelberg.

Questa grotta, che venne designata come Grotta 4Q, fu soprannominata "Grotta della pernice".

Quasi contemporaneamente, venne scoperta la Grotta 5Q e la Grotta 6Q: la prima, inesplorata dai beduini ma poco ricca, la seconda, invece, interamente ripulita dalle tribù nomadi.

Nel 1955 vennero individuate altre quattro grotte, assai povere di manoscritti: la Grotta 7Q, la Grotta 8Q, la Grotta 9Q e la Grotta 10Q.

Ma i beduini, ritornati alla ricerca nel wadi Murabbà at, dimostrarono di aver un maggior intuito degli studiosi ed una notevole dose di fortuna, perché, all'inizio del 1956, scoprirono una nuova grotta, denominata Grotta 11Q, inferiore come importanza di reperti solamente alla "Grotta della pernice".

Ufficialmente, fu l'ultimo ritrovamento e parte delle ricchezze in essa contenuta prese diverse direzioni, tuttora non ancora ben chiare.

Subito dopo le scoperte, si cercò la provenienza di questi scritti. La stragrande maggioranza degli studiosi ritenne valida l'ipotesi che i manoscritti trovati nelle grotte della regione del Qumran fossero appartenuti agli Esseni. Questi vivevano in comunità, si dedicavano alla preghiera, allo studio e ai lavori agricoli. Verso il 68 d.C., l'intero gruppo venne massacrato da una legione romana che stava reprimendo la ribellione giudaica.

Poco tempo prima del fatto, però, i "Monaci" di Qumran avevano salvato la loro preziosa biblioteca, nascondendo pergamene e papiri dentro delle giare portate nelle grotte circostanti: e per quasi duemila anni queste grotte custodirono il loro segreto!

Dallo storico Giuseppe Flavio, risulta, tuttavia, che Erode il Grande era favorevole agli Esseni e non è verosimile che proprio durante il suo regno essi abbiano dovuto abbandonare, sia pure per motivi di forza maggiore, il loro centro. A meno di supporre, che egli stesso li abbia aiutati a fondarne un altro e che poi, alla sua morte, i tradizionalisti siano ritornati all'antico insediamento.

È certo, comunque, che furono trovate sul luogo monete di Erode il Grande ed è certa pure la convinzione che i membri della comunità non abbandonarono il centro e che la ricostruzione degli edifici fu completata già durante il regno di Erode stesso.

Non si sa con precisione dove derivi il nome "Qumran", con il quale si designa sia la stretta e rigida valle solcata dal torrente (wadi) Qumran, sia le rovine sovrastanti la terrazza marnosa Khirbet Qumran (rovine di Qumran), come ormai tutta la zona circostante. Fra le indicazioni più probabili, vi potrebbe essere quella di aver individuato in quel luogo il sito dell'antica "Città del sale".

Rimangono tuttavia ancora fondati dubbi che quel lembo settentrionale del deserto di Giuda degradante verso il mar Morto e conosciuto come la regione del Qumran, non possa riservare altre sorprese, anche perché le grotte esplorate e giudicate abitate o abitabili son più di una trentina. Salvo qualche eccezione, l'occupazione e l'utilizzazione delle grotte era contemporanea agli edifici della terrazza marnosa di Qumran, ai quali era legata in modo organico: ben sette grotte con manoscritti furono trovate sui lati della stessa terrazza e la ceramica trovata è la stessa della rovina degli edifici. Nelle grotte, infine, non fu trovata alcuna moneta, mentre tra le rovine degli edifici se ne trovarono a centinaia.

I celebri Rotoli del Mar Morto, con i manoscritti del Vecchio Testamento ed altri oggetti provenienti dalle grotte di Qumran, sono ora custoditi nel Santuario del Libro del Museo di Israele, a Gerusalemme.

Ringraziamenti

Per la stesura di questo libro, vadano i miei più sentiti ringraziamenti a don Giuseppe Marocco, noto e apprezzato biblista, per la documentazione e le notizie sui luoghi oggetto della vicenda.

Un particolare ringraziamento ai signori Marino, per le preziose informazioni fornitemi in merito alle Grotte di Qumran nel corso di una bellissima serata trascorsa in piacevole compagnia sotto il cielo stellato di Betlemme.

Grazie come sempre al mio Master informatico Alessandro Marchisio, per le "operazioni tecniche" riguardo l'inserimento del testo su eBook.

Un grazie infine a tutti i miei lettori, con i quali mi scuso fin d'ora se, nonostante i consigli e i suggerimenti, mi sono sfuggite inesattezze e imprecisioni, di cui me ne assumo la piena responsabilità.

A chi mi leggerà, vada come sempre la mia più sincera riconoscenza.

Mario T. Barbero

Sintesi biografica

Mario T. Barbero è nato a Torino. Scrittore e giornalista, critico letterario e redattore di alcune riviste è direttore della testata web *MTBmagazine.*

Ha curato le sceneggiature dei filmati *Il ventre di Torino* per RAI-SAT e del *Museo Civico Pietro Micca e dell'Assedio di Torino del 1706.*

Riconoscimenti letterari ottenuti a Torino, Vignale, Padova, Pescara, Tocco di Casauria, Roma, Ostuni, Empoli. Ha conseguito il *Certificate of Merit* della Facoltà di Italiano dell'Università di Stato Binghamton di New York.

Autore di romanzi, racconti e commedie ha pubblicato *Le ombre verdi, Il cantore di Confucio, Foglie, L'uomo senza nome, Il colpo, Un'estate tardiva, La gara più difficile* (libro-documento sugli atleti delle Paralimpiadi di Torino 2006), *Delitto al Museo, Presunto colpevole, Artistica Funeraria S.r.l., Doppio intrigo alla Reggia, Un gioco pericoloso, Esecuzione perfetta, Mortis Causa* (tradotto in portoghese), *Operazione Wolfgang, O Homem da Madeira* (per un'Antologia in lingua portoghese), *Codice Chopin, Tre uomini in vacanza* (da cui è stato tratto un film), *Requiem fra le stelle, L'uomo dalle due vite, Tracce nella polvere* (su eBook KDP Kindle Amazon), *Un Jolly impazzito* (su eBook KDP Kindle Amazon). Sotto lo pseudonimo di "Robert S. Mannon" è autore di *Un colpo di fortuna, Il diavolo ride, La notte delle lanterne, Delitto al Regio, Marciarancia a Carnevale.* È coautore di *Delitto alla Fiera del Libro.*

Come John M.Thomas è autore di *Tre uomini al mare, Neve, L'ombra del dubbio, The Apocalypse Man, Le carte del diavolo, Giochi del destino* (tutti su eBook KDP Kindle Amazon).

Ha preso parte al progetto dal titolo "*Noirgiallothriller-Le investigazioni del traduttore*" della Facoltà di Lingue e Letterature Straniere dell'Università di Torino. É membro di giuria in concorsi letterari e docente di "Letteratura di Genere" all'UNITRE-Università delle Tre Età.

.

-Email: mario.barbero@alice.it - mariot.barbero@yahoo.it
-Sito della Rivista: www.MTBmagazine.it

Altri romanzi di Mario T. Barbero su eBook KDP Kindle Amazon

-Tracce nella polvere

-Un Jolly impazzito

-Sinfonia in bianco

12828363R00052

Printed in Germany
by Amazon Distribution
GmbH, Leipzig